A FANTASMAGÓRICA NOITE DE HUGO

A FANTASMAGÓRICA NOITE DE HUGO

BERTRAND SANTINI

Tradução
Maria Alice Araripe de Sampaio Dória

p. 73-74 Trecho do Poema *La danse Macabre*, Henri Cazalis (1840 – 1909).
p. 131 Trecho do poema *Fleurs du Midi*, Louise Colet (1810 – 1876).

Obra conforme o Acordo Ortográfico da Língua Portuguesa

Tradução: Maria Alice Araripe de Sampaio Dória
Ilustração de capa: Julie Rouvière & Bertrand Santini
Projeto gráfico e diagramação: Rafael Nobre

© Editions Grasset & Fasquelle, 2016

Direitos de publicação:
© 2018 Editora Melhoramentos Ltda.
Todos os direitos reservados.

1.ª edição, dezembro de 2018.
ISBN: 978-85-06-08318-5

Dados Internacionais de Catalogação na Publicação (CIP)

Santini, Bertrand
A fantasmagórica noite de Hugo / Bertrand
Santini ; [ilustrações Julie Rouvière, Bertrand
Santini] ; tradução Maria Alice Araripe de Sampaio
Dória. -- São Paulo : Melhoramentos, 2018.

Título original: Hugo de la nuit.
ISBN 978-85-06-08318-5

1. Ficção - Literatura infantojuvenil
2. Literatura infantojuvenil I. Rouvière, Julie.
II. Título.

18-18340
CDD-028.5

Índices para catálogo sistemático:
1. Ficção : Literatura infantil 028.5
2. Ficção : Literatura infantojuvenil 028.5

Maria Alice Ferreira — Bibliotecária — CRB-8/7964

Atendimento ao consumidor:
Caixa Postal 729 - CEP 01031-970
São Paulo – SP – Brasil
Tel.: (11) 3874-0880
www.editoramelhoramentos.com.br
sac@melhoramentos.com.br

Impresso no Brasil
Impresso na BMF Gráfica e Editora

Para Georges e Madeleine

SUMÁRIO

Prólogo 9

PRIMEIRO ATO

1. Monliard 12
2. O cemitério 19
3. O ouro negro 26
4. A visita 31
5. *Sipo Matadore* 41
6. Antes da noite 50
7. A fantasmagórica noite de Hugo 60

SEGUNDO ATO

8. O encontro 72
9. O crime 83
10. À mesa 87
11. Apresentações 96
12. O complô 108
13. O Poemandro 118
14. Reviravolta inesperada 124
15. O voto 131

TERCEIRO ATO

16. Vivos 144
17. Como uma pluma 154
18. O ataque dos mortos-vivos 165
19. A escolha de Hugo 172
20. A noite de Hugo 179
21. No Hospital 185
22. Sinal vermelho 190
23. Debaixo da minha cabeça 193

Agradecimentos 199

Prólogo

Hugo deveria ter sentido medo, até mesmo pavor, ao sobrevoar o mundo nos braços de um fantasma. No entanto, ele só teve uma sensação de abandono, no máximo, uma leve apreensão.

O fantasma o abraçava forte, forte como um objeto precioso. A trajetória deles desenhou uma curva, e Hugo passou tão perto do chão, que sentiu a carícia do trigo nos dedos. Ao retomar a altitude, ele viu sua casa. "Como é pequena!", pensou, quase rindo. "Como pude caber lá dentro?"

A emoção tomou conta dele quando pensou nos pais, na cachorra, na babá e em todas as pessoas ainda presas na Terra. Hugo gostaria de descer e contar que estava tudo bem, que a vida não era assim tão importante, e a morte não era tão má. Mas ele sabia que era impossível.

Sua vida já parecia muito desfocada, muito insignificante. Ele só se lembrava de que aquela aventura acontecia na noite do seu aniversário. E se concentrou para guardar o rosto da mãe na memória. Queria aceitar bem tudo da viagem, exceto perder essa imagem.

Hugo deveria ter sentido medo, até mesmo pavor, ao sobrevoar o mundo nos braços de um fantasma. Mas, enquanto a imagem da mãe permanecesse fresca em sua mente, ele não teria medo de nada.

PRIMEIRO ATO

1
MONLIARD

ugo gostava de inventar histórias, e isso ele tinha de quem herdar.

Sua mãe, Helena Grimmons, era uma romancista lida no mundo inteiro. Ela devia sua notoriedade a *Os Três Olhos de Horácio Curioso*, uma saga para a juventude que narrava as peripécias de um adolescente com dons de telepatia.

Porém, quinze anos antes, ninguém teria apostado no sucesso dessa série. O editor havia insistido em publicar a obra com um sobrenome estrangeiro para inseri-lo, dizia ele, na linhagem dos grandes autores anglo-saxões. Quando ele sugeriu o pseudônimo de *Andy Colline*, Helena compreendeu que, antes de tudo, ele tinha a intenção de esconder dos amantes de histórias fantásticas, majoritariamente masculinos, que o escritor era uma mulher.

— Andy *também* é bonito para uma mulher, sabia? — apressou-se ele a acrescentar.

Helena não quis discutir. Seu manuscrito havia sido rejeitado por doze editoras e o trabalho de assistente social não lhe permitia recusar os dois mil euros concedidos pelo editor em troca de três anos de trabalho. No fim das contas, o anonimato convinha ao seu caráter. No entanto, ela permaneceu inflexível quando lhe sugeriram diminuir o texto.

Foi a vez de o editor compreender que a luta seria em vão.

— E não vá dizer que não avisei, Helena! O cérebro dos adolescentes é limitado! Acanhado e muito atravancado! Temo que as 357 páginas vão deixá-los de cabeça quente!

Na ocasião, ele não sabia a que ponto sua previsão se revelaria certa e que, precisamente, seria a causa de um imenso sucesso.

Seis meses depois de ser publicado, quando o primeiro volume havia vendido menos de mil exemplares, um incidente mudou o destino de Helena ao mesmo tempo em que, bruscamente, pôs um fim à carreira de um jovem cantor.

Horácio Pond, *star* dos adolescentes e campeão em vendas de discos, festejava naquela noite seus 18 anos numa danceteria. Um grupo de fãs, aglutinados em frente ao prédio, gritava seu nome com os braços carregados de presentes. Ao longo da noite, para celebrar sua maioridade, o lourinho havia bebido, provado e cheirado uma quantidade tão grande de drogas da moda que, no momento de sair do local, um enxame de guarda-costas o cercava para disfarçar seu estado lamentável. A saída do cantor foi saudada por smart- phones erguidos, ao mesmo tempo em que uma chuva de bichinhos de pelúcia e flores caía sobre sua cabeça. Nessa avalanche, um exemplar de *Horácio Curioso* aterrissou em suas mãos. Uma jovem de cadeira de rodas forçou o cordão de isolamento para beijar avidamente a mão do seu ídolo. Horácio Pond sentiu um lampejo amarelado nos olhos. O efeito de sucção na sua pele provocou um surto comparável ao que despachou Friedrich Nietzsche para o hospital quando ele foi testemunha da agonia de um cavalo nas ruas de Turim. Com o rosto deformado por um ricto infernal, Horácio atingiu a menina com o livro, num golpe tão violento, que uma roda da cadeira dela cedeu.

No dia seguinte, o empresário do cantor tentou amenizar o escândalo atribuindo a crise de loucura ao excesso de bebidas energizantes. Mas, o mal já estava feito, e o incidente, captado por uma multidão de celulares, teve seis milhões de visualizações nas redes sociais em vinte e quatro horas. Essa propaganda inesperada impulsionou o livro para o primeiro lugar em vendas, e a editora, submersa de pedidos, precisou fazer uma reimpressão com urgência. Todos os adolescentes queriam conseguir um *Horácio Curioso*, nem tanto para ler, mas para se divertir entre amigos e inundar a internet de vídeos parodiando a cena que se tornara meme.

— Bem que eu disse que seu livro os deixaria de cabeça quente! — gabava-se o editor diante de uma Helena embasbacada com a reviravolta dos acontecimentos.

Horácio Curioso não foi o único beneficiado por esse acontecimento. Depois de um estrondoso processo, a jovem hemiplégica obteve uma indenização por perdas e danos morais que lhe permitiria rodar sobre ouro até o fim da vida.

Quinze anos depois, os sete volumes da saga traduzida em trinta e nove línguas haviam alcançado duzentos milhões de exemplares. Helena passara a se dedicar inteiramente à escrita, entregando uma nova história a cada dois anos, exatamente no dia 31 de outubro.

Modesta por natureza, ela não tinha se esquecido das circunstâncias do acaso que a havia tornado famosa e nunca se sentira totalmente responsável pelo sucesso.

Terminado o sétimo livro, Helena já estava começando a pensar no seguinte, o último, no qual havia decidido matar o herói. De nada adiantaram os protestos do editor, só uma recusa de Horácio Curioso poderia dissuadi-la. Não se mata um personagem contra a sua vontade. Mas Horácio não temia morrer. Muito pelo contrário! O universo imaginado por Helena era tão rico de prodígios e dimensões paralelas, que a morte, com certeza, revelaria novos mundos extraordinários.

O fim da saga também punha um término na carreira de Andy Colline. A mãe de Hugo passaria a escrever sob a sua verdadeira identidade. Helena havia apelidado Andy de "meu Doppelgänger[1]", a palavra atribuída pelas lendas ao duplo fantástico de uma pessoa ainda viva. Diante da página em branco, ela às vezes o invocava, dirigindo-se ao Espírito. Ora num tom de cumplicidade, ora num tom exasperado quando estava sem inspiração. Então, a voz irônica e arrastada de Andy debochava de Helena, segredando: "Ainda sem ideia? O que seria de você sem mim, Helena? Ah, se os nossos leitores a ouvissem choramingar!".

Quando Andy se mostrava muito invasivo, Helena sabia pôr um fim nesse jogo. Não é prudente deixar os seres imaginários se instalarem à vontade na realidade. A razão, às vezes, corre um sério perigo se não conseguir diferenciar esses seres de sonhos, como demonstraram as guerras travadas desde os tempos remotos em nome de personagens que nunca existiram.

---

1. Nome originado da fusão das palavras alemãs *doppel* (duplo, réplica ou duplicata) e *gänger* (andante, ambulante ou aquele que vaga)

Helena e Romano haviam comprado a propriedade de Monliard quando Hugo nascera. As terras se estendiam por quase mil hectares de pequenos vales e charnecas onde se desenvolviam inúmeras espécies de plantas e animais. Com seu labirinto de riachos e pântanos selvagens, o lago de Dorveille garantia a sobrevivência da fauna no período de seca. Nesse território preservado, algumas ruínas revelavam uma antiga atividade humana. De todos esses vestígios, o mais singular era um cemitério abandonado, aninhado no alto de uma modesta colina acima do lago.

Hugo e seus pais moravam numa imponente casa de campo, com Ana, caseira do lugar há cinquenta anos e, agora, verdadeiro membro da família. Cozinheira alegre, babá incorruptível e contadora de histórias sem igual, com setenta e sete anos completos, Ana zelava pela criança com o rigor indulgente das avós da província.

O sucesso de Helena havia permitido que Romano largasse seu cargo na universidade para se dedicar ao estudo das espécies extintas. O ex-diretor de pesquisa em botânica havia estabelecido o escritório nas antigas estrebarias, e seu laboratório, construído no subsolo, guardava uma coleção excepcional de sementes, sendo que as mais raras datavam do século XVI.

Os novos proprietários de Monliard gozaram da melhor reputação desde que haviam chegado à região.

A propriedade era ligada à comuna[2] de Sainte-Rigouste, o povoado vizinho. A simplicidade de Romano era apreciada por todos, e as pessoas da região não escondiam o orgulho de conviver com uma celebridade literária, na pessoa de Helena.

Longe da agitação do mundo, a família Grimmons viveu por doze anos uma vida calma e discreta. Quem acreditaria que, um dia, Monliard deixaria de ser um refúgio de paz? No entanto, foi a mais improvável das causas que perturbou seus dias tranquilos.

---

2. Na França, a menor subdivisão administrativa do território. (N. da T.)

2
O CEMITÉRIO

 ra véspera do aniversário de Hugo.
Romano passeava pela propriedade quando notou algumas pétalas espalhadas na trilha do cemitério.

Ele sentiu o sangue gelar nas veias.

— Diabos!

A descoberta pareceria sem importância para um transeunte ocasional, mas Romano tinha a certeza de que pressagiava uma desgraça. Ele catou uma pétala para examiná-la, se bem que, pela cor violeta, já tivesse adivinhado de que espécie se tratava. Suas mãos tremiam de raiva. Ele balbuciou mais um palavrão e desembestou para o alto da colina.

A trinta metros de altura, a trilha acabava diante de um modesto portão em ruínas. Por trás das grades, um planalto afundado abrigava as ruínas do cemitério de Dorveille. Há quase um século ninguém era enterrado ali, e o lugar, outrora sagrado, não era mais do que um labirinto de pedras e matos que cobriam os vestígios de destinos esquecidos.

Em suma, um cemitério fantasma.

Era preciso descer onze degraus escavados na rocha para se chegar a esse casulo atemporal, a essa paisagem de colunas de pedras e cruzes espalhadas num campo de matagal. As sepulturas cavadas nas escarpas de inclinação suave lembravam a atmosfera de um anfiteatro antigo.

Se os cemitérios são locais de memória, esse parecia ter sido concebido para inspirar o esquecimento. Fundado na Idade Média, Dorveille serviu de despejo destinado aos cadáveres incômodos: hereges, suicidas, crianças mortas sem batismo e pretensas feiticeiras que a superstição recomendava manter a distância, de medo que seus fantasmas viessem atormentar aqueles que os haviam julgado.

Por longo tempo abandonado, ignorado mesmo pelos habitantes mais próximos, o cemitério de Dorveille recuperou a notoriedade no século XVIII por ocasião de um episódio relatado nos livros de história.

Em agosto de 1720, quando uma epidemia de peste em Marseille ceifava mil pessoas por dia, um vereador ordenou que amontoassem ali, direto no solo, centenas de vítimas. Essa decisão se mostrou ser das mais funestas porque, depois de cada tempestade, o escoamento das águas carregadas da infecção dos cadáveres contaminaram os cursos d'água em volta, exportando o flagelo até as portas de Camargue[3].

Redescoberto no século XIX, o cemitério se tornou um lugar de peregrinação apreciado por alguns estetas que gostavam de se reunir ali nas noites de verão, vestidos de togas e com uma coroa de flores, para cantar, beber e dançar em honra das divindades campestres. Ser sepultado nesse cenário, na época, era um privilégio, como comprovavam as capelas de artistas e de pessoas ilustres construídas na beira da escarpa.

O último enterro datava de 1897, no jazigo do barão de Pontevès. A sepultura mostrava o nome da filha dele, Gertrudes, falecida por afogamento às vésperas do seu oitavo aniversário.

Desde então, nada mais havia perturbado a serenidade do lugar, exceto as folias do mistral que soprava por entre as pedras e a visita ocasional de lebres aventureiras.

Nada mais até a noite anterior, quando misteriosas enxadadas haviam atingido um maciço de flores com uma barulheira de acordar os mortos.

---

3. Território ao sul da França, localizado na confluência de vários rios. (N. da T.)

Romano despencou pelos degraus e correu para uma sepultura encravada no centro do cemitério. Ele já sabia o que descobrir.

— Sacanas! — soltou ele, como confirmação.

Ao pé do túmulo, o maciço de flores violetas havia sido literalmente pulverizado. Apesar da invasão de ainda se podia ver o nome do defunto gravado na pedra.

CORNÉLIO PINCHINAT
Morto em 1878
aos trinta anos de idade

A destruição ocorrera há apenas algumas horas e as marcas dos vândalos ainda eram visíveis. Sob a violência dos golpes, a lápide havia rachado, deixando entrever a escuridão de uma cova invadida por raízes. Em busca de indícios, Romano introduziu os dedos na fenda de onde subia um perfume refrescante de humo.

Uma mão pegajosa lhe agarrou o pulso.

Com um grito, Romano caiu sentado.

Hugo saiu com dificuldade da cova, rindo.

— *Cause this is Thriller, Thriller night!* — berrou ele, imitando os zumbis do clipe de Michael Jackson.

Sujo de lama dos pés à cabeça, o menino parecia um verdadeiro morto-vivo. Fani, a cadelinha da família, surgiu por sua vez do túmulo, latindo, provavelmente de tanto rir.

— O que faziam lá dentro? — grunhiu Romano.

— Esperávamos por você! — brincou Hugo.

Mas seu pai não estava a fim de brincar.

— Olhe este desastre — resmungou Romano catando uma bola de raízes.

Farejando a mudança de humor, Fani abaixou as orelhas.

— Acha que foram animais que fizeram isso? — perguntou Hugo.

— Acho...

— Que tipo de animais?

— Homens — replicou Romano, sem um pingo de ironia.

O pai estava com uma voz circunspecta, a voz dos dias sérios e de negócios importantes.

— Ora, uma planta! Isso se replanta — disse Hugo.

— Não essa! Uma *Sipo Matadore* é uma espécie que se acreditava extinta. O espécime que havia crescido aqui era o único catalogado no mundo!

Com uma expressão perplexa, Hugo catou um fragmento de raiz.

— É preciso ser muito idiota para fazer uma coisa dessas!

— Não tão idiota! — respondeu o pai. — Essas pessoas sabiam perfeitamente o que estavam fazendo!

Hugo franziu a testa.

— Você quer dizer que algumas pessoas subiram aqui no cemitério de propósito para destruir uma flor única no mundo?

Romano preferiu desviar a conversa com um movimento de cabeça evasivo.

— E puxa vida! Você viu o estado das suas roupas?

Hugo cheirou a sua camiseta melada de preto.

— A terra do túmulo está embebida de petróleo — disse ele, com um ar enojado.

Romano suspirou.

— Essa sujeira é a causa de todos os nossos aborrecimentos!

— Estranho! — observou Hugo. — Nunca houve petróleo em Dorveille. Como é possível que, agora, a colina esteja cheia disso?

— Não tenho ideia!

— Você não tem ideia? — exclamou Hugo, arregalando os olhos.

As crianças sempre acham que conseguirão respostas. Ao perceberem, aos poucos, que estão enganadas, a euforia da juventude começa a desaparecer. As poças que haviam surgido há quase um ano no cemitério, na verdade, abrigavam um mistério. Era a primeira vez que Romano não podia dar uma explicação, e Hugo nunca pensou que isso fosse possível. O menino se esforçou para expulsar o sentimento desagradável que essa descoberta lhe causava. O botânico enfiou alguns fragmentos do vegetal em sua sacola e deu meia-volta.

— Vamos voltar para casa! Ana e mamãe nos esperam para almoçar.

Enquanto o pai se afastava, Hugo deixou a imaginação vagar.

— E você não acha que esses estragos possam vir de baixo?

— *De baixo?* — exclamou Romano, se virando.

— Sim! Que são os mortos que querem se desenterrar!

Romano exibiu uma expressão irônica.

— Se fosse isso, francamente, eu ficaria tranquilo! — disse ele, continuando o caminho.

3
O OURO NEGRO

Um ano antes, os problemas haviam aparecido na forma de manchas estranhas no solo do cemitério. A amostra retirada por Romano trouxera a incrível conclusão: o petróleo subia das profundezas da colina. Em vão, o botânico esmiuçou os livros de história, mas nenhuma obra mencionava a presença do ouro negro na região. Só uma notícia mais recente citava a indústria petrolífera.

Alguns anos antes, uma sociedade britânica havia tentado obter permissão para perfurar o fundo do mar, convencida de que uma grande jazida estava enterrada ao largo das angras de Marseille. Mas a ideia de ver brotar plataformas a alguns quilômetros da costa não era apreciada pelos defensores da natureza. Ao término de uma longa batalha judicial e sob a pressão de associações, o Estado havia classificado as angras como "Zona Ecológica Protegida", obrigando as sociedades petrolíferas a desistirem definitivamente do projeto.

O boato que fazia alusão à presença de petróleo em Monliard se espalhou rapidamente, e o prefeito encarregou um grupo de especialistas para estudar o subsolo do cemitério. Sem dúvida, uma perfuração teria permitido compreender a origem da jazida e medir sua importância. Porém, os Grimmons se opuseram a esses trabalhos que iriam danificar a colina de Dorveille e seu velho cemitério.

Muitas pessoas se alegrariam de descobrir um tesouro desses no seu terreno. Porém, os pais de Hugo temiam mais as consequências. Imperceptivelmente, a opinião dos habitantes de Sainte-Rigouste em relação a eles se tingiu de ressentimento. A discrição de Helena? Era desprezo! Sua fortuna? Roubada dos bolsos das crianças! Quanto ao marido... Apenas um ecologista fanático! Ele não havia mandado cercar a propriedade, obrigando a família de Balibari, uma das mais antigas da região, a desistir da caçada com cães que praticavam há várias gerações? E o que pensar dos milhões que o casal dilapidava para salvar animais domésticos, animais da África e da Groenlândia, sendo que nunca tinham oferecido nem um tostão para o Natal da escola, para as festas de São João ou para a restauração do campanário que por pouco não desabava todas as vezes que se tocava o ângelus? Circunstância agravante: suspeitavam que eles fossem vegetarianos, ao perceberem que, em doze anos, só tinham passado pelas portas de Fidoli, o açougueiro do povoado, para comprar o frango assado semanal destinado à cachorra.

A situação adquiriu um aspecto preocupante quando o vandalismo sucedeu aos boatos e aos olhares de esguelha, com cercas destruídas, princípios de incêndio, árvores arrancadas. Os incidentes se encadearam assim como os convites dirigidos aos Grimmons para deixarem a região o mais rápido possível.

Mesmo que a identidade dos agressores permanecesse um mistério, a motivação não deixava nenhuma dúvida. O petróleo atiçava a cobiça dos indivíduos e parecia que nada podia detê-los.

Helena e Romano evitavam abordar o assunto na frente do filho. Mas as crianças têm isto em comum com os outros animais: é impossível esconder deles a verdade das coisas. Hugo sentia a ameaça impalpável que pesava no seu universo. A expressão dos pais traía a preocupação deles. Às vezes, eles se punham a falar em voz baixa, mesmo quando estavam sozinhos. Nesses momentos, um formigamento invadia o rosto do menino. Impressões estranhas surgiam no cenário tão familiar. A espuma da fonte parecia reagir como uma criatura viva. Os lençóis estendidos ao sol se movimentavam com um sopro mal-intencionado.

E até o mistral, em geral traquinas e alegre, parecia cochichar, entre a folhagem das árvores, segredos inconfessáveis às crianças.

O casal pensava em sair da propriedade sem demora. Ceder diante da usura. Partir antes da mordida. Eles não se importavam que essa decisão fosse encarada como fraqueza. Não haviam escolhido viver em Monliard para suportar uma atmosfera envenenada pela chantagem e intimidação.

Porém, em seguida, ocorreu a descoberta da planta que poderia mudar tudo.

Um verdadeiro milagre!

Quando Romano a descobriu ao pé do túmulo, não queria acreditar no que via. No entanto, um exame atento confirmou sua intuição. *Sipo Matadore!* Uma planta que o órgão mundial encarregado de catalogar as espécies vegetais considerava extinta desde 1902. Num minuto, o botânico percebeu que tinha a solução para seus problemas. Assim como as angras marselhesas, esse espécime único permitiria classificar Monliard como zona protegida. Então, a propriedade se tornaria um santuário no qual não seria mais possível tocar no menor dos pedriscos, na menor das flores, nem fincar o que quer que fosse, nem mesmo uma estaca de barraca!

No entanto, Romano temia que o processo fosse longo, longo demais para uma situação que degenerava dia a dia. Informado da descoberta, o governador Godofredo havia prometido a Romano defender pessoalmente o dossiê perante as autoridades competentes.

Portanto, não foi o acaso nem "idiotas" que haviam depredado a *Sipo Matadore*. Fazer desaparecer essa planta era fazer desaparecer a única chance de salvar Monliard.

4
A VISITA

Helena estava lendo à sombra de uma figueira do jardim quando um grito familiar ressoou ao longe.

– Mãeee!!! Mãeee!!!

Ela franziu os olhos para distinguir as silhuetas mergulhadas contra a luz. Romano andava num passo pesado por causa do calor. Hugo ia à frente, saltando por cima da vegetação e gesticulando com os braços.

– Mãe! Mãe! Os mortos estão atacando!

Sem fôlego, ele desabou em cima da mãe.

– Os mortos de Dorveille estão se desenterrando, mãe! Eles vêm nos comer! – disse ele num tom de pavor, entrecortado de gargalhadas.

Porém, essa ameaça não pareceu preocupar tanto Helena quanto o estado das roupas do filho.

– Mas onde é que você rolou?

Num mesmo movimento, Romano jogou sua sacola no chão e se atirou numa cadeira.

– Esse tonto se escondeu dentro de um túmulo!

— O túmulo estava rachado — contou Hugo. — Lá dentro era muito assustador! Mas se você tivesse visto a cara do papai quando eu saí gritando!

— É verdade! — notou Helena. — Você está branco como um fantasma!

— Eles destruíram a *Sipo Matadore* — soltou ele, num suspiro.

A fisionomia de Helena enrijeceu, e ela fechou o livro.

— Hugo — disse ela, abrandando a voz —, vá para casa se lavar, querido.

— É preciso avisar o prefeito e a polícia — murmurou Romano, com um olhar ausente.

— Deveríamos chamar os caçadores de zumbis! — disse Hugo, imitando o andar manco de um monstro.

— Vamos! Fora! Vá se lavar — repetiu a mãe. — E dê uma chuveirada em Fani também!

— Ok! E o que vamos comer de almoço?

— Ana preparou suas superlasanhas. Vá lhe dar um beijo e diga que iremos para a mesa em dez minutos, está bem?

— *Yes*, capitão!

Helena lhe sapecou um beijo no rosto, e o menino saiu correndo para casa, seguido de Fani, que latia ruidosamente para mostrar que também estava com fome.

Com a mente assombrada por visões de mortos-vivos, Hugo passou rapidamente pela porta envidraçada da sala sem notar o vulto que estava na frente dele.

A sua cabeça bateu no visitante.

— Puxa! Que acolhida!

Hugo arregalou os olhos diante da aparição.

— Titio?

— Não me chame de titio. Eu me sinto velho! — replicou Oscar, soltando duas pesadas malas no chão.

Hugo reprimiu um tremor de prazer. Todas as visitas do tio eram um acontecimento. Ele era fascinado por essa pessoa, cúmplice como uma criança e, ao mesmo tempo, intimidador como um adulto. Quando era menor, a presença do tio o assustava a ponto de fugir assim que o homem aparecia num aposento. Ao crescer, Hugo havia compreendido que as maneiras do tio não passavam de representação. Ao contrário dos trapaceiros que revelam suas virtudes, Oscar era uma dessas almas que, sob uma aguçada ironia e palavras maliciosas, dissimulam sua verdadeira bondade.

— Faz muito tempo que você não vem me ver! — disse Hugo, com as faces coradas pela emoção.

— Uma eternidade! — sorriu Oscar. — Mas não queria perder seu aniversário. É amanhã, não é?

O garoto concordou vigorosamente com a cabeça.

— Quantos anos você faz? Deixe-me adivinhar... Vinte? Vinte e cinco?

— Puxa vida! Você é bobo? Doze anos!

— Doze anos, vinte anos, cem anos! Na escala do Cosmos, isso não tem nenhuma importância!

A ligação entre o tio e o sobrinho era ainda mais forte porque Oscar e Romano eram gêmeos. Embora fossem impressionantemente parecidos, o estilo de roupas permitia diferenciá-los à primeira vista. O pai de Hugo se vestia, segundo sua mulher, "como um vendedor de balões de gás", sendo que Oscar se distinguia pelos ternos sob medida e sapatos ingleses, sempre impecavelmente engraxados.

O tio pegou o sobrinho pelos ombros e o examinou minuciosamente.

– Deixe-me ver... Você mudou, não?

Oscar recuou para contemplar Hugo dos pés à cabeça.

– As crianças nunca param de crescer! – lamentou ele. – Será que eu cresci?

– Isso não! – riu Hugo. – Continua o mesmo!

– Ah, essas crianças! – suspirou Oscar se deixando cair no sofá. – Que confiança podemos ter numa coisa que muda tanto?

– É, sim! O tempo passa! – replicou Hugo, dando de ombros.

– *Passa boi, passa boiada...* – murmurou Oscar.

– Quanto a esse assunto, seria melhor você me dar os presentes de aniversário agora, porque todos corremos o risco de morrer esta noite!

– Sem brincadeira... – ironizou Oscar. – A sua mãe pretende cozinhar?

— Não, seu tonto!

Hugo aproximou os lábios do ouvido do tio.

— Dorveille está acordando — murmurou ele, em tom de segredo.

O olhar de Oscar se iluminou com um clarão de cumplicidade.

— Esse é bem o tipo de história que me agrada!

— A mim também, isso me agrada — respondeu Hugo, com voz quase inaudível.

— E... Pode me falar mais sobre isso?

— Os mortos preparam uma invasão!

— Verdade?

— Verdade... Talvez eles venham esta noite...

— Na sua opinião... Qual é o objetivo deles?

— Acho que querem nos devorar...

— Sim... É claro... É preciso compreendê-los... Há séculos sem comer... Devem sentir muita fome!

— Papai não acredita em mim, mas eu sei que é verdade!

Oscar encheu o peito para se indignar, com uma voz de trovão.

— O que você quer, pobre pequeno. O seu pai é um cientista! E nada no mundo é mais bitolado do que um cientista!

— Ao menos você acredita em mim?

— Evidentemente — gracejou Oscar, pegando o último livro de Helena, em cima da mesa de centro.

— Veja só! Veja só! *Horácio Curioso; volume 7*! Andy podia ter me mandado um exemplar, não acha?

— São romances para crianças — lembrou Hugo.

— E daí? Você sabe muito bem que eu sou uma eterna criança!

— Ah, isso sim, eu sei! — ironizou Hugo. — E, fora isso, você não está com fome?

— Fome, eu?

— Estou morrendo de fome! Vou perguntar a Ana se o almoço está pronto.

Hugo se dirigiu para a cozinha, dando, na passagem, um pontapé no porquinho de plástico da Fani. A cadela pegou o brinquedo com a boca e apertou os maxilares para fazê-lo guinchar. O menino percorreu um corredor com as paredes decoradas de sabres e alabardas, um arsenal da Idade Média descoberto nas obras de reforma do porão.

Pela porta entreaberta da cozinha, Hugo enfiou a cabeça fazendo uma careta.

— Estooou com foooome — gemeu ele, com uma voz de bêbado.

Por pouco Ana não soltou a frigideira que segurava na mão.

— Não faça isso! — resmungou a velha e gorducha caseira.

Hugo se ajoelhou para sentir o cheiro que saía do forno.

— Isso cheira extremamente bem!

— Lasanha com abobrinha assada! — anunciou Ana, enxugando as mãos no avental constelado de manchas de tomate.

— Meu prato preferido! — exclamou Hugo.

Ana lançou um olhar desconfiado para Fani, que havia acabado de entrar na cozinha.

— Puxa! A cachorrinha rolou no cocô?

— Não se preocupe! É petróleo!

— Petróleo?

Ela franziu o cenho.

— E as suas roupas? E o preto na sua cara como um emplastro? É petróleo também?

— Bom, é!

Com um gesto brusco, Ana arrastou o menino pelo colarinho, gritando.

— Então, afaste-se do forno, senão você vai explodir, seu maluco!!!

Hugo deslizou sobre o traseiro, gargalhando.

— Vamos todos morrer de qualquer jeito! Não sabe da novidade? Os mortos de Dorveille estão se desenterrando para virem nos comer!

Ele disse isso com uma pontinha de deleite, sabendo muito bem que Ana tinha horror a esse tipo de história.

— Deus do céu! Que danado esse menino! — resmungou a velha, jogando um buquê de louro numa panela.

— Eu juro! — insistiu Hugo. — Além do mais, escute! Papai vai chamar reforços.

Ana enfiou a cabeça no corredor para dar uma olhada furtiva. O pai de Hugo ia de um lado para o outro na sala murmurando ao telefone. Ana tentou ouvir. Romano falava com Clóvis Gringoire, o comandante da polícia. As frases eram curtas, nervosas, e o tom nada habitual.

— Sim... Eles voltaram esta noite... Sim, é grave... Ok, eu o espero com o senhor prefeito...

Ana lhe fez um sinal.

— Diga-me uma coisa! Eles vão comer aqui? — perguntou ela rispidamente, num tom que significava que não tinha intenção de preparar almoço para seis.

Romano fez que não, e Ana voltou para o fogão, satisfeita.

— Então, esta noite, vamos festejar! — retomou Hugo. — Pizzas, batatas fritas e sorvete!

— Em honra de quem, sujinho? Seu aniversário é amanhã!

— Eu já disse que vamos ser comidos pelos zumbis! — disse ele, abrindo uma lata de refrigerante — Melhor fazer um último jantar bem bom, não acha?

— Vamos, cala-te boca! Não se brinca com os mortos!

— Ha, ha, ha! — riu Hugo. — Na sua idade, ainda acredita em Deus?

— Ao menos uma pessoa nesta casa! E isso não vai fazer mal a ninguém! — exclamou ela. — E pare de beber essas besteiras, você vai acabar igual a um americano!

Como resposta, Hugo deu um arroto.

— Que horror, seu grosseiro! O meu primeiro marido também era um comilão! E ele morreu por isso, sabia?

— Sabia! Você já me contou cem vezes. Sufocado ao comer um pé de porco!

— Perfeitamente! E esse pé de porco era a mão de Deus, palavra de honra! Para puni-lo por ser guloso.

— Você se casou muitas vezes?

— Três vezes! — disse Ana, tirando a lasanha do forno. — O segundo era um moreno molengão. Também um belo ateu. Pois bem, crac! Morreu esmagado pelo trem das sete horas. Quanto ao terceiro, o bêbado de bigode, caiu embaixo do trator em marcha e foi encontrado de manhã, dobrado em quatro num molho de feno.

Hugo fez uma careta na qual se misturavam horror e sincera caçoada.

— Então, cuidado! Está vendo a desgraça que colhemos por zombar do bom Deus! — disse ela, testando com um garfo o cozimento da lasanha.

— Mas e você? — exclamou Hugo. — Você nunca perdeu uma missa e, no entanto, os seus três maridos morreram! E ainda fala de recompensa!

Ana se virou com um sorriso afável.

— É isso que eu digo! Durante toda a minha vida o bom Deus foi extraordinário para mim!

5
SIPO MATADORE

Já eram mais de 3 da tarde quando se ouviu o 4X4 da polícia frear na área de cascalho que dava a volta na casa de campo. O comandante Gringoire saiu do veículo acompanhado de Emílio Bouffarel, prefeito de Saint-Rigouste. O primeiro era alto e magro com o olhar afetado por tiques nervosos. O segundo contrastava pela silhueta redonda e bonachão sorriso provinciano. Os visitantes se instalaram no sofá da sala e, depois que foram servidos de café, Romano pôs diante deles um pedaço da *Sipo Matadore*. Os dois homens examinaram-na com um ar circunspecto.

— É esta a sua flor lendária? — surpreendeu-se Bouffarel, decepcionado pelo aspecto banal da planta.

— Eu teria achado que é um dente-de-leão! — confessou Clóvis.

O prefeito ergueu a cabeça redonda arregalando os olhos.

— Mas por que massacrá-la? E quem fez isso?

— São sempre os mesmos — suspirou Romano.

— Aqueles que querem nos expulsar para explorar o petróleo.

— Desde o começo eu sabia que essa sujeira nos causaria problemas! — disse o prefeito. — Em todo o caso, esses vândalos, certamente, não são gente nossa. Ninguém quer ver brotar refinarias na região, pode ter certeza!

— Todo o mundo aqui gosta de vocês — completou Clóvis. — Quem desejaria que fossem embora?

— Isso com certeza não aborreceria o nosso caro vizinho, o marquês de Balibari, a quem proibimos a caçada com cães em nosso terreno — lançou Helena, num tom de deboche.

— Oh, isso é outra história — replicou o prefeito. — O caso está encerrado e o senhor marquês compreendeu perfeitamente a sua decisão.

Helena fez uma expressão cética.

— Qualquer que seja a identidade delas — continuou Romano —, essas pessoas são perigosas.

— Elas se aproximam da casa — disse Helena. — Encontramos iscas envenenadas em frente ao portão. Com certeza um presente para a cachorrinha!

— Além de tudo eles estão muito bem-informados! Não ignoravam que essa planta permitiria proteger a propriedade. Sabiam até onde encontrá-la! Por isso, é preciso agir e rápido. Classificar Monliard será a única maneira de acabar com essas ameaças.

— O senhor Grimmons tem razão! — aprovou o policial. — Foi assim que eles resolveram o problema das angras há dez anos!

— O governador Godofredo prometeu nos ajudar — disse Helena. — Mas já faz seis meses e nenhuma notícia!

— É verdade que a situação está se tornando preocupante — resmungou Bouffarel, enxugando a cabeça brilhante de suor. — Amanhã vou ligar para o governador para pedir que acelere o processo. Godofredo é uma boa pessoa. Nós nos conhecemos desde pequenos. Podemos confiar nele.

— Está bem... então, faça o melhor possível — disse Romano, sem grande convicção.

— Todavia, uma coisa me incomoda — continuou Bouffarel. — Como o senhor explica que uma planta que desapareceu de repente tenha começado a crescer no alto de Dorveille?

— Desaparecer não significa estar morta — retrucou Romano.

— Isso mesmo! Como a minha mãe! — disse Clóvis.

— Quê? Sua mãe? — exclamou Bouffarel. — O que a sua mãe tem a ver com esse caso?

Bouffarel já conhecia a história.

— Um dia, quando eu era pequeno, ela desapareceu subitamente. Com o meu pai, o pobre José, movemos céu e terra para encontrá-la. Mas nada! Mamãe havia evaporado! Depois de um tempo, fomos, necessariamente, obrigados a dizer que ela estava morta, afogada no lago ou engolida pelas areias do pântano. Porém, três anos depois, eis que o meu pai parou em Veynargues, a cidadezinha do outro lado da colina. E adivinhem quem ele viu atrás do balcão de Caillan, o vendedor de refrescos?

— A mulher dele! — proferiu o prefeito, indiferente. Efetivamente, ele sabia a história de cor.

— Pois é, isso aí! — disse Clóvis piscando os olhos.

— Pois é, isso aí o quê? — se irritou Bouffarel. — Nós estávamos falando de plantas raras! Não da sua família!

— Eu disse isso para confirmar que, às vezes, acreditamos que as coisas estão mortas quando elas estão apenas escondidas do outro lado da colina.

— Exatamente — emendou Romano, tentando voltar ao debate essencial. — Já vimos desabrochar sementes de lótus de mil anos! As sementes da *Sipo Matadore* pesam poucos microgramas e são envolvidas por uma penugem de seda que lhes permite planar no ar. Provavelmente, elas viajaram por décadas à mercê do vento ou na pelagem dos animais, até encontrar um terreno favorável para a germinação.

— Como a minha mãe! — recomeçou Clóvis. — O vendedor de refrescos foi um "terreno favorável". Ele lhe fez dois moleques. Fanfan e Sisi!

— Seu pai deve ter ficado em choque! — disse Helena, sinceramente sensibilizada com a história.

— Quer dizer, ele encontrou um truque para salvar sua honra — brincou Clóvis.

— *Um truque?*

— É, sim, ele sempre sustentou que não foi a sua mulher que ele viu atrás do balcão de Caillan! Mas o fantasma dela. Sim! O seu ectoplasma! Evidentemente, era mais cômodo! Era melhor ser o viúvo de um fantasma do que o chifrudo do povoado! Os espíritos têm costas largas! Nós os fazemos dizer o que queremos. Um fantasma não deixa a gente com raiva. Um fantasma não trai. Não se pode brigar com ele, ele já está morto, santo Deus! É para isso que servem os fantasmas! Para nos consolar do que não podemos ver ou do que não podemos compreender.

— Mas quando seu pai viu sua mãe, ele não falou com ela? — perguntou Helena.

— Falou! Ele entrou no bar e olhou para ela com os olhos esbugalhados. E a minha mãe, coitada, ficou branca. Foi como se a emoção a tivesse coberto de farinha. Ela era uma boa mulher, sabe? Tudo isso não era culpa dela. A minha mãe tinha vinte anos e ele sessenta. Ela foi impingida ao meu pai em troca de um campo de melões e um rebanho de cabras. Em resumo, ele tirou o chapéu, aproximou-se do balcão e timidamente lhe disse: "É estranho vê-la. Você está com boa cara. Que bom! E não digo isso porque a educação faz com que geralmente sejamos mais amáveis com as pessoas depois que elas morrem. E sim porque o Espírito Santo me autorizou a falar com você e saiba que não precisa se preocupar com o menino. Estou cuidando bem dele. Todas as noites ele faz a lição e se continuar estudando bem, talvez, mais tarde, seja um policial. Agora, vou embora. Não é bom para os vivos falar por muito tempo com os mortos. Se não tomarmos cuidado, pode acabar em desgraça".

– Que história! – disse Helena. – E ninguém nunca o contradisse?

– Oh, coitado! Ele não corria esse risco. Todo o mundo fingiu achar o caso perfeitamente normal. Entre nós conta muito a honra de um homem! De vez em quando, bem que havia alguns imbecis que gritavam embaixo da janela: "Oi, José! Passando em frente ao Caillan, vi o fantasma da sua mulher!". E ele respondia gentilmente: "Fico feliz que você também a tenha visto! Porque, senão, vocês poderiam pensar que sou um idiota ou um chifrudo!".

Bouffarel deixou passar um tempo de silêncio antes de retomar a palavra num tom solene.

– Se me permite, Clóvis, depois desse aparte familiar, vamos nos despedir da senhora e do senhor Grimmons a quem, no entanto, quero fazer uma última pergunta.

— Fique à vontade! — respondeu Romano.

— O que tem de especial essa *Sipo Matadore* para ser tão famosa?

O rosto do botânico se iluminou com um sorriso, e ele pegou um livro antigo na biblioteca.

— Vejam — disse ele mostrando uma gravura do livro. — Já se falava dessa flor nos contos tibetanos há mil anos. Um príncipe indiano que tinha ido para a China pregar o budismo havia feito votos de nunca dormir para se consagrar inteiramente à sua missão. Mas, um dia, ele não conseguiu resistir ao cansaço e afundou num sono profundo. Ao acordar, furioso por ter adormecido, ele arrancou suas próprias pálpebras para ter certeza de que ficaria sempre desperto. Quando ele passou novamente por lá alguns anos depois, percebeu que uma planta havia crescido no lugar em que jogara as pálpebras. Uma planta cujas flores tinham o poder de manter o espírito desperto por toda a eternidade. E ele a chamou de *Sipo Matadore*.

— Ah, bom! — disse Clóvis para resumir sua opinião.

— Petróleo! Uma flor mágica! Cada coisa que acontece nesse cemitério! — concluiu Bouffarel, levantando com dificuldade do sofá.

— Mas me diga uma coisa — preocupou-se de repente o policial, com um tique nervoso —, pelo menos nem todas as *Sipo Matadore* foram destruídas, não é?

— Fique tranquilo! — sorriu Romano. — Por sorte, os vândalos não sabiam que outros espécimes haviam germinado mais abaixo, na colina.

— Nossa! Levamos um susto! Porque sem essa flor milagrosa, adeus zona protegida! — exclamou o prefeito, despedindo-se dos anfitriões com um aperto de mão úmido.

— Como você diz — respondeu o pai de Hugo. — Levamos um susto!

❃ ❃ ❃

Nos degraus da porta de entrada, Helena e Romano olharam o carro dos visitantes se afastar ao longo da alameda de plátanos.

O eco de uma tempestade ressoava ao longe.

— É verdade que ainda sobraram algumas? — murmurou Helena.

— Do quê?

— Das *Sipo Matadore*.

— Não... Eu menti — respondeu Romano com um triste suspiro. — Eles destruíram tudo. Não sobrou nada... Estamos perdidos.

Helena se aninhou entre os braços dele, quando um relâmpago atravessou o céu.

— Então, temos um maldito problema, não é?

— Sim...

Um sorriso desvaneceu por um instante o cansaço no rosto deles. Uma chuva pesada e morna começou a cair, e o casal se refugiou na casa, fechando a porta atrás de si com duas voltas na chave.

6
ANTES DA NOITE

Naquela noite, eles jantaram na cozinha. Ana havia preparado massa com manjericão, uma das suas especialidades, que Hugo apelidara de *Massaza*. Ele havia fugido antes do fim da refeição, levando dois flãs, que engoliu como um selvagem embaixo da mesa da sala. Aos doze anos menos algumas horas, seus ombros batiam na beirada do móvel. Ele sentia saudades da primeira infância já longínqua, quando podia erguer as pernas em esquadro sem bater no tampo de madeira. Lembrava-se das noites mágicas passadas a salvo nesse casulo, embalado pelo burburinho das vozes dos adultos, pelo cheiro de tabaco e pelo tilintar dos copos de aperitivo.

Deitado no tapete, Hugo cochilava com o olhar voltado para a televisão. A peça musical *Hair* estava sendo transmitida num canal a cabo. Na tela, um rapaz de cabeleira dourada tocava num piano enfeitado com castiçais que transbordavam cera derretida. Os pais de Hugo haviam passado ao filho o amor pelos filmes antigos – que Romano chamava de "verdadeiro cinema" –, a ponto de o gosto dele no assunto não ser o mesmo das crianças de sua idade. Seus dois filmes favoritos eram *Meu Tio da América* e *A Noite do Caçador*. *Tubarão,* descoberto algumas semanas antes, agora ocupava o terceiro lugar no pódio. É bem verdade que seus pais não ficariam contentes de saber que ele tinha visto o filme escondido, mas, ao mesmo tempo, teriam entendido porque o filho havia se recusado a pôr o pé na água durante o verão, até mesmo na piscina.

– Hugo?
Ele piscou os olhos. A mãe lhe sorria, agachada ao lado dele, embaixo da mesa.
– Está na hora de dormir!
– Você me assustou – falou ele bocejando.
– Eu chamei três vezes!
– Eu estava no filme...
Helena limpou com a ponta do dedo uma gota de saliva no canto dos lábios do filho.
– Para a cama, querido...
– Mas... eu quero ver o fim, *pufavor*...
– Não! Você está dormindo em pé! – disse ela puxando-o pelo pé para tirá-lo do esconderijo.
– *Ooooh! Andy! Diga que sim... Aaandy!* – cantarolou ele, fazendo graça.

Helena detestava que a chamassem assim, o que nem Romano nem Hugo deixavam de fazer quando queriam aborrecê-la.

— Piedade! — suplicou Hugo já meio adormecido.
— Não estou com sono. Contudo, ele se deixou levar, sem resistência, pelos braços da mãe, doces e macios como uma nuvenzinha fechada à chave.

O tempo de ir ao banheiro, enfiar uma calça de pijama e a camiseta com a cara do gremlin fez Hugo perder o sono. No quarto estava um calor infernal. Era quase meia-noite, e o termômetro marcava trinta graus. Ele ligou o botão de um ventilador, cujo rom-rom metálico fazia o efeito de uma canção de ninar. E acendeu, no parapeito da janela, uma fileira de velas de citronela, igual outros tempos, quando se alinhavam dentes de alho para prevenir o ataque de vampiros. Hugo sempre dormia vestido por medo de mosquitos. O menor zumbido o enchia de pavor. Ele guardava a má lembrança de uma picada, cinco anos antes. O edema que rapidamente se estendera da garganta até a laringe o mandara para o pronto-socorro no meio da noite.

À luz das velas, Hugo observou sua sombra esticada na parede. Sensível ao vacilar das chamas, ela parecia querer se soltar para levar vida própria. Hugo passeou o olhar nas prateleiras cheias de caixas de jogos e livros de imagens. No início do verão, havia prometido a si mesmo fazer uma arrumação. Já estava na hora de mudar a decoração e guardar no armário as velharias da infância. Porém, as férias estavam chegando ao fim e, evidentemente, nenhuma arrumação havia sido feita. Ele jurou que baniria para o porão, no dia seguinte, todas as coisas que não eram mais da sua idade. Ajoelhou-se em frente a um teatrinho que estava no chão. Na fachada, num papelão enfeitado de motivos barrocos, um lema estava escrito em letras douradas:

EU SOU O CHEFE DA BRINCADEIRA

Sua coleção de miniaturas se espalhava pelo palco numa mixórdia de contos e lendas: cavaleiros e dragões, lobos e gatos de botas, corcundas, bruxas, trovadores e rainhas cruéis. Quantas horas passou inventando destinos àqueles personagens no seu mundo de sonhos! E ainda se divertiu uma vez mais, fazendo-os correr e dançar, lutar e depois morrer, antes de ressuscitá-los, favorecidos por reviravoltas inesperadas.

Na penumbra das coxias, uma estatueta enigmática parecia contemplar as peripécias com um olhar zombeteiro. Hugo nunca a convidava para as brincadeiras. Era um homem vestido de preto, e seu olhar com olheiras verdes o ligava imediatamente às coisas da noite. A imobilidade o tornava ainda mais assustador. O sorriso petrificado exibia a certeza de que algum dia acabaria por dominar alguém.

Um bocejo abreviou a representação, e Hugo decretou o abaixar final da cortina.

No dia seguinte, o teatro e suas miniaturas fariam parte das recordações da infância que Hugo guardaria no porão.

Enquanto esperava o sono chegar, usando os fones de ouvido, Hugo folheava na cama *A Cabra do Senhor Seguin,* um dos seus livros favoritos. Fani já estava roncando, confortavelmente aconchegada entre a cabeça dele e a cabeceira da cama.

Pela porta entreaberta, Oscar observava o sobrinho com uma expressão enternecida.

– Parabéeens pra você! – cantarolou ele, abrindo a porta.

Hugo ergueu os olhos com um ar alegre.

– É isso mesmo? Já é amanhã?

– Meia-noite em ponto! Hora em que as criaturas surgem das sombras!

– Para trás, tio furúnculo! – brincou Hugo.

– Silêncio, sobrinho babão! – replicou Oscar.

As hostilidades foram lançadas. Essa brincadeira que eles haviam batizado de "insulto solene" consistia em se tratar com as mais estranhas injúrias, mantendo um ar impassível. A regra era simples: o primeiro que risse, gargalhasse ou desse uma risadinha perdia o jogo.

— Respingo viscoso! — replicou Hugo.

— Rosto sinistrado! — completou Oscar.

— Verme solitário em dupla!

— Liquidação de vômito!

— Atrofiado nas extremidades!

— Excremento com canela!

Hugo mordeu o interior das bochechas e exclamou:

— Pústula de bunda de velha!

Oscar se jogou na cama numa gargalhada infantil.

— Essa é boa! Ha, ha, ha! Você me matou com a sua pústula! — disse ele despenteando o cabelo de Hugo com um gesto carinhoso.

— Ha, ha, ha! Eu me divirto muito com você. É pena que não tenha tido filhos! Eles iriam te adorar!

— Ora, mas eu tenho um monte de metades de filhos! — retorquiu Oscar.

— Como assim, *metades de filhos*?

— Pense! Se eu tivesse me casado com uma mulher, certamente teria tido filhos com ela, não é?

— É... E daí?

— Pois bem, essa mulher que eu não encontrei, mesmo assim ela existe, não é verdade? Ela vive em algum lugar da Terra no momento em que falo com você! E já que ela não está comigo, certamente está com algum outro!

— Espero, por ela!

— E com esse outro certamente ela teve filhos!

— Até aí, tudo é lógico!

— Conclusão: os filhos dessa mulher são meios-irmãos e meias-irmãs dos filhos que ela e eu não tivemos.

— Suas metades de filhos! — lançou Hugo, fascinado.

— Perfeitamente! Como a minha natureza modesta sabe se contentar com pouco, isso me basta completamente!

— Que loucura! — murmurou Hugo. — De repente, tenho um monte de metades de primos e eu nem sabia!

— Fora isso — recomeçou Oscar —, essa invasão de mortos-vivos de que você falava há pouco... não estava prevista para hoje à noite?

— Não, não! — riu Hugo. — Era uma brincadeira para dar medo nos bobos feito você!

— Uma brincadeira? Verdade? Notei que quando anoiteceu ninguém mais quis bancar o espertinho!

Hugo deu uma risada, como para dizer que aquela observação tinha sido estúpida. Ele fechou o livro e ficou sério.

— Mas se não for esse o caso... Eu me perguntava... Acha que existem pessoas que nos querem fazer mal?

Oscar se mostrou hesitante.

— Por que diz isso?

— Sei lá... Por causa do petróleo, por exemplo — disse ele, abaixando os olhos.

— Não deve se preocupar com essas histórias — respondeu Oscar a meia-voz. — A verdade é que um punhado de idiotas tem inveja dos seus pais. Aliás, eles têm motivo! A sua mamãe é rica e famosa, quanto ao seu pai, ele é brilhante... E um cara bonito do caramba!

— Ha, ha, ha! Você diz isso porque é gêmeo dele!

— Não é por isso, poxa! — disse Oscar, inexpressivo.

Hugo retomou o ar sério.

— Eu também me perguntava... Você acha que um morto pode se desenterrar sozinho?

O tio arregalou os olhos para salientar o absurdo da pergunta.

— *O inferno está vazio e todos os demônios estão aqui* — proferiu ele, num só fôlego.

— O que quer dizer?

— É Shakespeare, e significa que devemos temer mais os vivos do que os mortos.

Hugo olhou para o tio, desconfiado.

— E com essa constatação de terror, eu te desejo belos sonhos! — disse Oscar com um largo sorriso.

Com um clique, ele apagou o abajur que Hugo voltou a acender imediatamente.

— Conte, titio! O que é o meu presente de aniversário?

— Surpresa! — cochichou o homem se afastando em direção à porta.

— Conte, conte, conte! — suplicou Hugo, esperneando de excitação.

A voz de Helena ressoou do andar térreo.

— Ei, aí em cima! Já está tarde! Precisa dormir agora!

— A sua mãe vai me passar um sabão — riu Oscar, saindo do quarto.

— Boa noite, nenúfar cagão! — bradou Hugo, na esperança de recomeçar a competição.

— Não, acabou! Não vamos mais brincar!

Oscar desapareceu sem um ruído, e Hugo apagou o abajur.

A porta se abriu subitamente.

— Durma bem, suco de feto coagulado! — exclamou Oscar.

E a porta bateu de novo, fazendo as paredes tremerem.

— Trapaça! Você me traiu! — protestou o menino, se torcendo de rir.

Hugo se espreguiçou com um bocejo e deu um beijo na barriga de Fani. À medida que seus olhos foram se acostumando com a escuridão, o cintilar das estrelas parecia se intensificar através das cortinas do quarto. Hugo adormeceu com um sorriso nos lábios, sem saber que antes do nascer do Sol estaria morto.

7
A FANTASMAGÓRICA NOITE DE HUGO

No meio da noite, Hugo se ergueu com um grito.

Durante alguns segundos ele tentou se lembrar do pesadelo. Nenhuma imagem lhe veio à mente.

Um vento morno embalava as cortinas.

Que horas seriam?

Estava tudo escuro. As velas se haviam consumido, deixando um rasto de citronela no ar. Coaxados provenientes do pântano de Dorveille anunciavam a tempestade. Um longínquo ribombar de trovão confirmava o clamor dos sapos.

O garoto se espreguiçou. O pijama estava colado nas suas coxas e a cabeça do gremlim impressa na sua camiseta estava embebida de suor. Ele pegou, às cegas, uma lata de refrigerante na mesa de cabeceira e deu um gole. O refrigerante estava morno e tão açucarado — *intragável*! —, que aumentou sua sede.

Hugo voltou a se deitar de costas, mas era impossível fechar os olhos. Ele imaginou sua língua quando acordasse, cinza e seca, parecida com a de uma múmia exumada depois de dois mil anos passados no deserto.

A imagem o repugnou e ele se levantou suspirando.

Se a lata estivesse gelada e o gole tivesse sido bom, provavelmente teria caído no sono. Por infelicidade, ele decidiu ir até a cozinha.

Com a luz da tela do seu telefone, Hugo desceu a escada e atravessou a sala mergulhada no escuro. Ao chegar à cozinha, ele enfiou o aparelho no bolso e apertou o interruptor.

Luz!

Alguém estava diante dele, com o rosto escondido por uma balaclava. O homem estava todo vestido de preto. Na mão, segurava um punhal. Hugo deu meia-volta antes mesmo de compreender o que quer que fosse. Ele se embrenhou pelo corredor, irrompeu na sala, tropeçou num móvel e fugiu pela janela da varanda. Em duas passadas, foi se esconder num maciço de girassóis à beira do jardim.

Os grilos ficaram em silêncio.

O homem de preto apareceu nos degraus da entrada e examinou cada detalhe da paisagem noturna.

Agachado sob os girassóis, Hugo engoliu a saliva para reprimir uma sensação de náusea. Seus tremores se espalhavam ao maciço de plantas, como um sussurro das folhas. O homem estacionou o olhar nas flores de girassol que balançavam como cabeças inquietas. O menino prendeu a respiração. Um zumbido ziguezagueava em volta do seu ouvido. Os batimentos frenéticos do seu coração haviam atraído um mosquito sedento de sangue. O inseto pousou no rosto dele, sem que Hugo ousasse fazer um gesto. O homem soltou uma lanterna presa no cinto e se aproximou dos girassóis. O ferrão do mosquito furou o rosto de Hugo. O homem ligou o interruptor da lanterna e um círculo luminoso de cor verde deslizou pelo chão e se alargou.

O ferrão atravessou as células gordurosas e espetou um vaso sanguíneo. O mosquito aspirou aquele néctar com tamanha avidez, que seu abdome triplicou de volume. O feixe luminoso atingiu Hugo repentinamente em pleno rosto. O menino pulou para fora do maciço de girassóis, e o homem se lançou em sua perseguição.

Hugo se enfiou no bosque, insensível aos galhos baixos que o arranhavam até sangrar. O terror havia se apoderado de suas pernas. Ele despencou por um barranco, pulou por cima da relva, cortou por um campo de trigo e foi se esconder atrás de um muro de pedras ao longo da colina de Dorveille. Agachado, percebeu que os pés descalços estavam ensanguentados. No entanto, não sentia dor. O sangue morno envolvia seus membros, sem que ele sentisse a dor dos ferimentos.

O homem de preto o perseguia obstinadamente. O clarão da lanterna ia direto em sua direção. Hugo caminhou para a colina. Quando chegou na metade do caminho, deu uma olhada para baixo. A luz ainda estava atrás dele. Em pânico, o menino se escondeu atrás de um tronco caído na beirada da encosta. Encolhido entre a árvore e o espaço vazio, ele corria o risco, a qualquer momento, de uma queda fatal no lago situado abaixo da escarpa.

Hugo cerrou os maxilares para expulsar a ideia da morte. Não podia impedir a mente de fazer uma lista de todas as "últimas vezes" da sua vida. A última voz ouvida seria a do seu tio. As últimas palavras: *Suco de feto coagulado.* Ele se lembrou do último filme, da última música, do último carinho em Fani e do último beijo recebido da mãe. Pensando no último jantar, ele teve a visão de um médico legista examinando no fundo do seu estômago uma papa de *Massaza* misturada com dois flãs.

Ele ouviu um ruído de passos. Com o corpo torturado pela imobilidade, fechou os olhos. O homem passou em frente ao tronco sem diminuir a velocidade.

O alívio durou pouco. Com o peso de Hugo, a beirada da escarpa desmoronou, precipitando um desabamento de rochas no lago. O homem se virou. O tronco desequilibrado deu um quarto de volta empurrando o garoto para o espaço vazio. A casca quebrou entre os dedos dele e jogou um ninho de aranhas em seu pescoço, que procuraram refúgio em sua camiseta, boca e ouvidos...

Grito!

Com o feixe de luz da lanterna, o homem viu um corpo balançar no espaço vazio.

Hugo se esborrachou no lago com um ruído pesado. Ele se debateu embaixo d'água, prisioneiro de um emaranhado de algas. O garoto abriu a boca para gritar, mas o líquido entrou pelos seus pulmões.

Desorientado, nadou para o fundo, pensando alcançar a superfície.

Debruçado em cima da escarpa, o homem de preto observou o impacto do mergulho se dissipar em redemoinhos concêntricos.

Hugo conseguiu se içar, de quatro, na margem. Ajoelhado no lodo, ele tentou reunir as ideias, respirando em pequenos movimentos entrecortados. Ele não sabia mais quem era nem o que fazia ali. O seu próprio nome fugia dos seus lábios. "HUGO!", gritou ele de repente, como um grito de vitória. Um riso mudo e nervoso sacudiu seu ventre e o reanimou. Quando conseguiu se levantar, uma onda de energia aqueceu sua garganta. Uma brisa morna na nuca acalmou seus tremores. O terror desapareceu. Hugo observou suas mãos, finas e brancas, sem o menor traço de lama. As roupas estavam limpas e secas e os pés inteiramente curados dos ferimentos.

E ele foi incapaz de se surpreender.

Um zumbido ao longe fez com que ele levantasse a cabeça. Alto, no céu, os faróis de um avião de carga traçavam uma linha reta sob a constelação de Gêmeos.

Hugo deu um sorriso. Naquele momento, gostaria de ter alguém ao seu lado para dizer o quanto estava feliz. Ele deteve o olhar no lago. A superfície estava tão lisa, que refletia as estrelas como se fosse um espelho.

"O reflexo perfeito de milhões de estrelas mortas", pensou ele, fascinado.

Sua atenção foi atraída para uma forma boiando na água. Um corpo! Um corpo de criança. Um corpo de criança flutuando lentamente de costas. Quando se inclinou para examiná-lo, percebeu que o desenho impresso na camiseta lhe era familiar e entendeu que contemplava seu próprio cadáver.

A cabeça estava meio de lado, e ele viu quando uma aranha saiu pela boca do morto escalando os lábios entreabertos.

Quando Hugo compreendeu, quando captou plenamente a imagem, nenhum protesto saiu de sua boca.

– O meu cadáver boia no reflexo perfeito de milhões de estrelas mortas – murmurou ele.

O menino deu alguns passos ao longo da margem para acompanhar o corpo que se afastava ao sabor da corrente. Ele vagou entre os juncos e as gramíneas, embalado pelo escoamento da água e pelo coaxar constante dos sapos. E se sentiu tranquilo, indiferente, ao ver desaparecer aquela massa de carne por trás da cortina de juncos.

Ele bocejou.

"Agora, preciso voltar para casa..."

Sim... Voltar para casa... Antes que os pais ficassem preocupados, repetiu para si mesmo, sem ter a menor ideia das razões que o haviam levado até o pântano de Dorveille. Tinha até se esquecido de seu perseguidor quando o viu na margem. Hugo fez um movimento de recuo. O homem segurava a lanterna com uma mão e o punhal com a outra.

– Para onde foi aquele fedelho? – assobiou ele, entre os dentes.

Avançando direto para cima de Hugo, ele raspou no menino sem diminuir a velocidade. Perplexo, o garoto o viu percorrer a margem, passar e passar de novo debaixo do seu nariz sem lhe prestar a menor atenção.

"Como se eu houvesse me tornado invisível!"

– Ei, ei... Eu... estou... aqui – balbuciou Hugo, apalermado.

O homem não respondeu.

– É... a mim... que... está... procurando?

Sem parar de praguejar em voz baixa, o homem continuou a passear o feixe de luz da lanterna na superfície plana do lago. Cansado de procurar, abandonou a busca e voltou correndo para casa.

Hugo ficou imóvel por um momento, depois se afastou do pântano, quase a contragosto.

"Preciso voltar para casa agora."

Ao passar em frente à colina, ele notou o cintilar de velas dispostas ao longo da trilha que levava ao cemitério. O menino pensou um pouco sobre a situação, em seguida achou natural seguir a direção que as luzes indicavam.

A subida lhe pareceu muito fácil, como se descesse uma encosta. O rumor do trovão se misturava aos grunhidos longínquos dos animais selvagens.

Estranhamente, aqueles lamentos reforçavam a sensação de quietude que reinava na atmosfera.

Numa curva da trilha, Hugo encontrou um velho de torso nu usando uma máscara de búfalo. O menino parou diante dele sem a menor apreensão. Sob a máscara, dois olhos risonhos o observavam intensamente. O homem-búfalo dirigiu um cumprimento com a cabeça ao qual Hugo respondeu com um gesto idêntico, antes de retomar o caminho. Conforme ele ia se aproximando do cume, o canto dos grilos foi mudando de tom, como uma banda sonora sob o efeito de câmera lenta. Os sons entrecortados e estridentes mudaram para longas sílabas graves de uma riqueza harmônica inesperada. Hugo não viu nada de surpreendente no fenômeno e pensou, com toda a lógica, que o tempo ia mais devagar à medida que ele ganhava altitude. Ele prosseguiu o caminho, abaixando a cabeça para evitar um galho de giesta. Ergueu novamente a cabeça e, bruscamente, ficou petrificado diante de uma aparição. Uma jovem estava sentada num bloco de rochas na lateral da escarpa. Ela assobiava uma antiga canção inglesa, balançando os pés descalços no espaço, no ritmo da melodia. Seu vestido, com um brilho de Lua, resplandecia na noite. Hugo ficou sem fôlego diante daquela visão. Quando notou o menino, a jovem o encarou, num silêncio perturbado apenas pelo murmúrio do vento.

— Como você morreu?

Essas palavras tiraram Hugo repentinamente do seu torpor.

"Mas... Mas, o que estou fazendo aqui?"

Ele esfregou os olhos para dissipar a aparição. Quando os abriu, ela ainda estava lá.

— Como você morreu? — perguntou ela de novo, com uma mistura de curiosidade e tristeza.

— Desculpe... Eu preciso... preciso voltar para casa — gaguejou Hugo.

A jovem respondeu com um sorriso melancólico, provocando no menino, sem que ele compreendesse por que, um calafrio de pavor. O eco de uma música pairava no ar. Hugo pousou o olhar no alto da colina. Guiado pelo canto, ele subiu os últimos metros íngremes da trilha e atravessou o portão do cemitério mergulhado no nevoeiro.

SEGUNDO ATO

8
O ENCONTRO

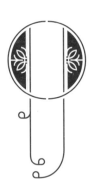
nevoeiro se dissipou, revelando um cenário extraordinário. Embora o cemitério tenha conservado seu espaço e relevos, a atmosfera do lugar resultava numa dimensão completamente diferente. As sepulturas se misturavam a um emaranhado de vegetação fosforescente com móveis barrocos, biombos, espelhos, bordadeiras e sofás profundos. Hastes espetadas no solo exalavam essências espessas de perfumes doces e amadeirados. As árvores à beira do lugar cintilavam com uma miríade de pequenas chamas de velas dispostas nos galhos. No centro desse teatro, uma mesa de banquete exibia uma miscelânea de adornos empoeirados: estátuas de bronze, chaleiras, baralhos e cestas de frutas secas.

No lugar, cheio de ecos de músicas, um grupo de personagens cantava e dançava alegremente. Ao observar aquelas silhuetas frágeis e pálidas – damas vestidas de tecidos de brocado e cavalheiros apertados nos seus paletós bordados –, era possível acreditar que se tratava de uma cena extraída de um velho filme de fantasmas. Impressão reforçada pela canção que as aparições cantarolavam num coro alegre.

Zigue, zigue, zague, a morte num ritmado,
Batendo na tumba com o seu tacão,
A morte à meia-noite toca uma ária de bailado,
Zigue, zigue, zague no seu violão...

Eles eram cinco. Uma avó gorducha valsava sob o olhar condescendente de um aristocrata de bigode branco. Uma menina de ares cândidos se balançava no joelho de uma jovem com um nariz muito grande para o rosto. Um janota com a juba loura e encaracolada tocava um piano enfeitado com castiçais que transbordavam cera derretida. Ele se chamava Cornélio, e sua voz quente e profunda ressoava sob as estrelas.

O vento de inverno sopra,
E a noite é escura,
Gemidos saem das galhas,
Esqueletos brancos vão através da negrura,
Correndo e saltando sob as grandes mortalhas...

A cabeça de Hugo fervia de interrogações. Quem eram aquelas pessoas? O que faziam ali? Por que estavam fantasiadas assim?

Zigue, zigue, zague, que sarabanda!
Que círculos de mortos se dando a mão!
Zigue, zigue, zague, vemos na banda
O rei brincar ao lado do vilão!

Tudo isso não passava de um embuste para assustá-lo, disse Hugo para si mesmo. Uma encenação organizada pelas mesmas pessoas que haviam saqueado o cemitério na véspera.

Mas, puf! Saímos da roda de repente,
Nós nos empurramos, fugimos, o galo cantou; é a claridade.
Oh! Trocar a bela noite pelo triste mundo da gente!
E viva a morte e a igualdade!

A música terminou, e os cantores se aplaudiram cortesmente. O que iria acontecer agora? O menino lutou contra uma hipótese ridícula que brotava na sua cabeça. E se estivesse diante de verdadeiros fantasmas? Por mil vezes, a ideia de um encontro assim o havia encantado nos sonhos. Mas, naquele momento, sozinho e perdido no meio da noite, não tinha o menor desejo de que o sonho se tornasse realidade.

Hugo desacelerou a respiração, como se quisesse deter o andar dos acontecimentos.

Nicéforo, o aristocrata de bigodes brancos, foi o primeiro a notar a presença do menino. Embora fosse naturalmente pálido, o velho pareceu empalidecer ainda mais ao percebê-lo. Seu transtorno foi contagioso e os companheiros viraram a cabeça. A descoberta petrificou o grupo. Eles encararam o intruso, paralisados como bonecos de cera.

De repente, a menina soltou um grito.

– Que legal! Um menino morto!

A senhora Bete ajustou o seu lornhão para examinar melhor o inesperado visitante.

– Mas... Não é a criança que às vezes vem brincar aqui? – resmungou Adelaide, a jovem de nariz grande.

Surgindo da sombra, uma coisa disforme enrolada numa capa pulou na frente de Hugo para lhe barrar o caminho.

– Alto lá, profanador! O cemitério fica fechado à noite! – exclamou o homem com um boné que tinha a inscrição "GUARDA". – Vamos, xô! Fora! – rosnou ele com um sotaque do interior que o tornava quase ininteligível. – As portas só vão abrir às oito horas!

– Calma, Parreira! – amansou Cornélio. – Não está vendo que é um amigo?

– Um... Um amigo? – hesitou o guarda se ajoelhando para cheirar o garoto.

– Mas claro! Ele é da família! – disse a senhora Bete, enternecida.

— Nesse caso... Tudo bem! — balbuciou Parreira, exibindo um sorriso tão simplório quanto desdentado.

A senhora Bete se aproximou de Hugo, fechando a sombrinha.

— Pobre pequeno — suspirou ela. — Você parece bem jovem para se juntar a nós...

O menino era incapaz de dizer uma palavra, até mesmo de fazer um gesto.

— Ele está em estado de choque! — murmurou a senhora. — A morte dele deve ser recente! Devemos confortá-lo!

— Tem razão, minha cara! Vamos acolhê-lo dignamente! — disse Nicéforo, batendo as mãos.

Com o mesmo entusiasmo, os fantasmas correram para as malas e armários para tirar deles trajes de gala, enfeites extravagantes e acessórios de festa. Empoleirada no telhado de uma capela, Violeta observava a cena com um ar distante.

Hugo arriscou um passo à frente e teve a sensação de que todo o seu corpo atravessava uma corrente gelada. De novo, ele se imobilizou.

— Ajudem-me, por favor! Alguém quis me matar!

— Parece que ele conseguiu com perfeição! — ironizou Adelaide.

— Se você nos vê, é porque também está morto, seu grande imbecil! — gargalhou Gertrudes.

Indiferentes ao desalento de Hugo, os fantasmas continuaram a se vestir e a se enfeitar, felizes como crianças se preparando para um baile.

— Por favor! — suplicou Hugo. — Preciso avisar meus pais!

— Regra número um: nunca entramos em contato com os vivos — respondeu Adelaide, empoando o grande nariz em frente a um espelho.

— É preciso chamar a polícia! — insistiu Hugo.

— Regra número dois: não temos nenhum poder sobre a matéria! — acrescentou a senhora Bete, encaixando na cabeça um chapéu de penas de pavão.

— Mas... eu tenho de voltar para casa!

— Regra número três: não se pode voltar pra casa — replicou Gertrudes num tom desolado.

Cornélio havia vestido trajes de cerimonial, tricórnio de veludo e casaco de gala. Subindo numa sepultura, ele bateu na pedra com uma bengala para impor silêncio.

— Aos fatos, menino! Como você se chama?

— Hu... Hugo...

— Então, bem-vindo, Hugo, num mundo mais mágico que o mais mágico dos sonhos!

Com um estalar de dedos, Cornélio fez aparecer dois címbalos acima da sua cabeça. Ao bater neles com estrondo, surgiu uma luz dourada que inundou o cemitério. Enquanto uma música medieval enchia o ambiente, Cornélio levantou a bengala para cima, como um malabarista de quermesse.

– A morte, meus amigos, a morte é uma vitória! Porque só quem viveu conhecerá esse dia de glória!

Uma inscrição em letras luminosas apareceu no céu.

Hugo morreu!
Viva Hugo!

Saltitando de túmulo em túmulo, Cornélio continuava seu monólogo fazendo jorrar das suas mangas fitas de seda que caíam em graciosas espirais.

– Em volta do mundo inteiro reina o domínio infinito das maravilhas. Vinte mil léguas no ar, os impérios da Lua vão, enfim, lhe contar seus mistérios...

– CHEGA! – gritou Hugo. – Não me tomem por idiota! Os mortos não falam!

– Podemos estar mortos sem desaparecer – replicou a senhora Bete, com o olhar vibrante de ternura.

– Não! Morto é morto! – retorquiu Hugo, empurrando a senhora.

– Ah, esses vivos! – suspirou Adelaide. – Eles choram ao nascer, choram ao morrer, resumindo, choramingam todo o tempo!

Gertrudes pegou Hugo, timidamente, pela mão.

— Não é tão sério estar morto, sabia? É até bom! E, depois, podemos fazer um monte de truques divertidos como roubar, atravessar paredes ou dar trotes! Olhe!

Ela escondeu o rosto com as mãos, depois retirou bruscamente.

— Buuuuu!

E apareceu com a cara de um coelho branco.

Hugo levou tamanho susto, que caiu sentado.

— Ora, Gertrudes! — repreendeu a senhora Bete. — Está assustando nosso convidado!

Um braço descarnado surgiu de repente da terra e agarrou Hugo pelo pescoço.

— Os zumbis! — gritou Gertrudes, pulando em cima de uma cadeira.

Parreira puxou Hugo pelos pés para arrancá-lo das garras da criatura.

— Vamos, vamos! Fora, seus nojentos!

O zumbi se enfiou no seu antro subterrâneo emitindo silvos úmidos. Hugo percebeu que uma grande quantidade de rostos meio enfiados na terra o observava com um olhar guloso. O menino não tentou compreender o que havia acabado de acontecer de medo que sua mente ficasse ainda mais confusa.

— Vocês querem nos causar medo para que vendamos a propriedade, é isso? — disse ele, com a voz firme e reprimindo os tremores.

— Que disparate você está nos contando? — grasnou Nicéforo.

— O petróleo! É isso o que vocês querem!

O tom acusador de Hugo havia se transformado em súplica. Naquele ponto da noite, pouco lhe importava se aquelas pessoas fossem pilantras, malandros ou até canalhas. Tudo o que ele esperava é que não fossem mortos.

— O petróleo! É o que vocês querem! — repetiu o menino para melhor se convencer.

— Deus do céu, como esse menino é barulhento! — suspirou Adelaide, deixando-se cair num sofá.

Hugo se calou, menos por educação que para recuperar o fôlego. Ele se aproximou da escarpa que dominava o vale banhado por raios de lua. O telhado da casa aparecia mais abaixo. As luzes de Saint-Rigouste cintilavam na lateral da colina como estrelas caídas no chão. No fundo da planície, a placa luminosa de um posto de gasolina lembrava a presença tranquilizadora de um farol na noite. Essas referências familiares logo o acalmaram. Embaixo nada havia mudado. Seu mundo, o verdadeiro mundo, não havia desaparecido. Um mundo onde as sombras eram só sombras e os mortos não passavam de sonhos. Bastava descer a colina para reencontrar a vida de antes. Hugo só tinha pressa de uma coisa: correr para casa e alertar os pais. A polícia levaria aqueles fantoches em seus trajes alugados e tudo voltaria à ordem.

"Como num episódio do Scooby-Doo!", pensou ele para recuperar a coragem.

Mas, antes de tudo, tinha de achar um jeito de fugir daquela armadilha.

Recuperando as forças, o garoto levantou a cabeça.

— Se vocês estão mortos... provem!

Cornélio levantou uma sobrancelha achando graça.

— Eu nasci em 1848! Isso não parece um pouco... *bizarro?*

Hugo caiu numa gargalhada forçada.

— Ha, ha, ha! Você é mesmo um ator horrível! Se tivesse nascido em 1848, não conheceria a palavra *bizarro!*

— Eu me adapto, ora bolas! — replicou Cornélio num tom amável, se bem que ligeiramente irritado.

— Porque se eu falasse como *na noute dos tempos, vossa mercê não perceberíeis cousa alguma, mandrião!*

— Quê? — bradou Hugo.

— *Cousa alguma, mandrião!*

— QUÊ?

— VOCÊ NÃO PESCARIA LHUFAS, SEU LERDO! — gritou Cornélio, a quem a insolência do menino já começava claramente a irritar.

Parreira bateu com o pé no chão.

— Vocês, parem de gritar! Estamos num cemitério, um pouco de respeito, droga!

Cornélio inspirou profundamente e se aproximou de Hugo com um sorriso que pretendia ser tranquilizador.

— Se você soubesse tudo o que pode realizar agora que está morto!

O menino teve a sensação de que um líquido gelado se espalhava em seus pulmões.

— Confie em mim — murmurou Cornélio, abrindo os braços.

— Sim! Confie nele! — repetiu Gertrudes, sapateando de excitação.

— Não! Não!

Cornélio se atirou em cima de Hugo como um raio para arrancá-lo do chão. De nada adiantou o menino gritar, dar socos e pontapés, o fantasma levou-o para o céu, bem alto. Numa fração de segundo, ele se viu suspenso acima do mundo. A voz de Cornélio segredou-lhe no ouvido:

— Agora, escute a noite cair...

9
O CRIME

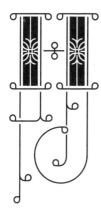ugo deveria ter sentido medo, até mesmo pavor, ao sobrevoar o mundo nos braços de um fantasma. No entanto, ele só teve uma sensação de abandono, no máximo, uma leve apreensão.

Cornélio o abraçava forte, forte como um objeto precioso. A trajetória deles desenhou uma curva, e Hugo passou tão perto do chão, que sentiu a carícia do trigo nos dedos. Ao retomar a altitude, ele viu sua casa. "Como é pequena!", pensou, quase rindo. "Como pude caber lá dentro?"

A lembrança de sua vida já lhe parecia muito vaga, muito insignificante. A emoção tomou conta dele quando pensou em Fani, em Ana, no pai, na mãe e em todas as pessoas ainda prisioneiras da Terra. Gostaria de descer e contar a elas que estava tudo bem, que a vida não era assim tão importante, e a morte não era tão má. Mas sabia que era impossível. Então pensou que os pais não deixariam de chorar no seu enterro, e toda a energia que lhe restava se dissipou num sorriso enternecido.

Uma voz cochichou no fundo de sua cabeça.

— Sabe, Hugo... É preciso tempo para aprender a ir embora...

Ele não sabia dizer de onde vinham aquelas palavras. Mas sabia que haviam sido pronunciadas por uma pessoa muito doce, poderosa, uma criatura que sabia tudo sobre ele. Seus olhos não podiam vê-la, mas sentia a presença dela bem ao seu lado. Ele não tentou imaginá-la. Embora fosse incapaz de analisar o que estava vivendo, Hugo presumiu que estava sob a proteção de uma força e que não tinha o que temer. Aquela onipotência já não o teria destruído se quisesse? Pela primeira vez, Hugo admitiu que talvez estivesse morto, e essa hipótese, em vez de apavorá-lo, pareceu-lhe sem muita importância. Quanto mais aceitava a ideia da morte, mais tinha o sentimento de que sua história havia acabado de começar.

Uma luz no chão lhe atraiu a atenção. O reflexo verde se dirigia a sua casa.

O homem de preto!

"Ele está voltando para matar meus pais!"

Esse pensamento reavivou um fluxo de emoções humanas. A mãe e o pai estavam em perigo. Como pudera esquecer? Curiosamente, mesmo que sua morte parecesse revestida de um caráter banal, a dos pais lhe parecia intolerável. Hugo quis gritar, mas seus lábios entorpecidos só emitiram uma mistura de sons que se perdeu no espaço.

No instante em que o homem entrou, uma força brutal aspirou os dois fantasmas que voavam. Eles mergulharam para dentro da casa, atravessando a matéria — telhado, pisos e paredes — tão facilmente quanto um sopro de ar.

O homem de preto atravessou a sala, sem saber que duas almas flutuavam acima de sua cabeça. Os fantasmas seguiam a trajetória do homem como se estivessem ligados a ele por um fio invisível. Um guincho repentino assustou o perseguidor. A sola do seu sapato havia esmagado o porco de plástico de Fani. Ele afastou o brinquedo com um pontapé e subiu a escada que levava ao quarto dos pais de Hugo.

"É preciso impedi-lo!", tentou gritar Hugo, sem poder entreabrir os lábios.

O homem de preto girou a maçaneta da porta e deslizou para dentro do quarto. Parou em frente à cama para dar tempo aos olhos de se acostumar à escuridão. Um raio de luz passava através das venezianas. Os pais de Hugo dormiam nus, grudados costas com costas. Na escuridão, a acuidade sobrenatural dos fantasmas lhes permitia distinguir cada recanto, como se o aposento estivesse inundado pela luz do amanhecer.

O homem ergueu o punhal acima de Helena.

— Não olhe! — ordenou a voz.

Mas o terror arregalou os olhos do menino. Ele não conseguia deixar de olhar fixamente para a lâmina suspensa em cima de sua mãe. Um lampejo ofuscante anunciou o horror.

— NÃO OLHE!

O punhal desceu obliquamente para melhor rasgar a carne. Os gritos invadiram o quarto. Hugo nunca havia imaginado que os pais pudessem soltar gritos tão selvagens, tão desesperados. Ele via a dor dos pais se materializar em espirais de um amarelo brilhante. A lâmina golpeou mais uma vez e mais uma, até que os gritos pararam e o colchão ficou embebido de sangue.

Por fim, a casa afrouxou a atração e os dois fantasmas foram ejetados na noite.

Cornélio aterrissou no cemitério, carregando Hugo inconsciente nos braços.

Seus companheiros acorreram.

— O que aconteceu com ele? — perguntou a senhora Bete, aflita.

— Será preciso consolar esta criança por muitas coisas — Cornélio respondeu simplesmente.

10
À MESA!

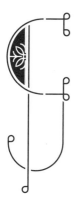ornélio examinava os estragos feitos na véspera ao pé do seu túmulo com um ar desanimado.

— Meu Deus, como os vivos são cretinos! Uma flor tão rara! Tão preciosa! Por que destruir uma maravilha destas?

Nicéforo meditava ao lado dele, numa imobilidade perplexa.

— Observei que há algum tempo nosso cemitério é palco de ocorrências bem estranhas... Vocês notaram, por exemplo, esse líquido preto e espesso que embebe o solo?

— Petróleo! — afirmou Cornélio.

— Petróleo? — surpreendeu-se o aristocrata.

— Na verdade, um mistério!

De repente, Nicéforo soltou uma exclamação.

— Pelas barbas do profeta! Cornélio! Olhe isto!

— O que é agora?

— Morchelas! — se extasiou o velho fantasma apontando uns cogumelos amontoados sob um nicho de musgo.

Cornélio deu uma olhada na descoberta.

— Eu diria que são... gyromitras!

— De jeito nenhum, ora bolas! São morchelas! — afirmou Nicéforo.

— *Gyromitra esculenta!* — insistiu Cornélio, com um sorriso insolente. — Também chamados de "falsas morchelas". Uma espécie tóxica e, às vezes, mortal!

— Às vezes mortal? Ha! Morro de rir! Quando eu estava vivo, devorava fritadas inteiras desta planta.

— Quando eu estava vivo, eu era botânico, não se esqueça! — objetou Cornélio, elevando o tom de voz.

— Morreu certamente antes de haver terminado os estudos! — replicou o idoso, rangendo os dentes.

— Uma única garfada desses cogumelos, e você ficará dez dias sem sair do banheiro, seu estafermo teimoso!

— Veja só! Eu morri quarenta e quatro anos antes de você! Um pouco de respeito, por favor!

— Respeito por qual razão?

— Porque estou mais morto do que você! — irritou-se o aristocrata.

— Senhores, senhores! O jantar está servido! — gorjeou a senhora Bete, para acalmar os espíritos.

Enquanto Nicéforo e Cornélio se juntavam aos amigos, a senhora Bete pôs em cima da mesa uma fôrma de bolo completamente vazia.

— Humm! Isso tem uma cara extremamente boa! — exclamou Parreira, espetando o garfo no recipiente.

Aos olhos de um vivo, aquele banquete pareceria estranho e bem pouco alimentício. No entanto, os fantasmas não pareciam dar nenhuma importância ao fato de a comida ser invisível e as bebidas, imaginárias.

– Primorosa esta torta de cereja! – extasiou-se a senhora Bete, mastigando o ar com avidez.

– Mas cuidado com os dentes! – avisou Adelaide, cuspindo um caroço fictício.

Sentado nas cabeceiras opostas da mesa, Cornélio e Nicéforo trocavam olhares carrancudos.

– Pode ser que eu esteja morto, mas não estou senil! Com os diabos, que eu ainda sei reconhecer as morchelas!

– Triste coprólito! – soltou Cornélio, exaltado.

– Quê? – sobressaltou-se Nicéforo. – O que você disse???

Gertrudes perguntou o que era um coprólito, mas o insulto era tão grave, que ninguém ousou responder.

– Seu estorvo! – replicou o aristocrata.

Adelaide repreendeu-o, batendo com o guardanapo.

– Nicéforo! Nada de palavrões à mesa!

– Capadócio! – retaliou Cornélio.

– Fedelho!!

– Fantasma com data de validade vencida!!!

– Alpinista de porão!!!!

– Carniça enfeitada!!!!

— Ectoplasma de água de lavar louça!!!!!

Cornélio enterrou o rosto no prato, caindo num riso infantil.

— Essa foi boa! Ha, ha, ha! Você me matou com a sua água de lavar louça!

Mas o aristocrata não estava a fim de brincar, como revelava o vermelho que tingiam suas faces por causa da raiva.

— Se eu estivesse vivo, comeria na mesma hora esses cogumelos para demonstrar sua ignorância! — gritou ele, dando um murro na mesa.

— Excelente ideia! — aprovou Cornélio. — E sua diarreia permitiria acabar com o debate.

A senhora Bete deu uma risada estridente.

— Lembrem-se de que estamos comendo! — resmungou Parreira enchendo o copo com uma sangria quimérica.

Arrasado com a morte dos pais — e, sem dúvida, um pouco com a sua —, Hugo ainda não havia emergido do seu sono doloroso. Os fantasmas haviam-no instalado num tapete de musgo, num canto protegido, a salvo dos fogos-fátuos. Sentada ao lado dele, Gertrudes o acalentava com um olhar amoroso.

A senhora Bete lhe fez um sinal.

— Para a mesa, querida! A torta está deliciosa!

— Mas estou tomando conta do Hugo! — respondeu a menina.

— Não se preocupe — tranquilizou-a a velha senhora. — Ele está bem! Está morto!

Gertrudes deu um beijo no rosto de Hugo e se juntou aos companheiros com um passo jovial. Enchendo o prato com um grande pedaço de nada, Parreira se inclinou no ouvido de Cornélio.

— E a sua Violeta? Ainda não quer se juntar a nós?

— Bah! Ela está amuada comigo, como de costume — resmungou o rapaz, lançando um olhar de esguelha à ex-noiva.

Com um ar melancólico, Violeta se deixava embalar no ar, empoleirada num balanço suspenso por cordas vertiginosas que se perdiam nas estrelas.

— Depois que morreu, essa menina perdeu a alegria de viver — lamentou Nicéforo, enchendo o copo com um vinho *rosé* imaginário.

Ao pôr a garrafa de volta, ele derramou algumas gotas invisíveis no paletó.

— Pobre desastrado! — berrou Adelaide.

— Sinto muito! — balbuciou o velho fantasma. — Foi imperdoável da minha parte!

Um repentino bocejo chamou a atenção de todos.

— Hurra! Hugo acordou — gritou Gertrudes, dando um pulo da cadeira.

Ela correu para ajudá-lo a se levantar, em seguida arrastou-o até a mesa. Com a mente confusa, Hugo sentou-se ao lado da senhora Bete.

Parreira lhe estendeu um prato vazio.

— Prove isso, homenzinho! — disse ele, com um ar alegre. — Vai lhe devolver a energia!

O menino esfregou os olhos para tentar acordar o cérebro. O jantar retomou o curso, num silêncio embaraçado. Com uma expressão incrédula, Hugo olhou seus anfitriões mastigarem vento. O retinir dos garfos e das facas ressoava como bicos de pássaros ciscando o solo sob a geada.

— A propósito! — exclamou Cornélio subitamente, tirando um rolo de papel do bolso interno. — Você recebeu uma correspondência!

— Uma correspondência? — proferiu Hugo, numa mistura de curiosidade e apreensão.

— Chegou enquanto você dormia — sorriu a senhora Bete.

O menino pegou o rolo de papel sob os olhares atentos dos fantasmas. A folha grossa estava amarrada com uma fita de seda lustrosa. Ele desdobrou o documento no qual figurava um registro em letras maiúsculas.

ATESTADO DE ÓBITO

Hugo Grimmons

O nome dele havia sido escrito à mão, com uma letra formal.

— Parabéns! — sussurrou-lhe a senhora Bete ao ouvido.

— Não é todo mundo que obtém esse diploma na primeira tentativa! — observou Nicéforo.

Parreira ergueu seu copo na direção do céu.

— À MORTE DE HUGO! — exclamou ele.

— À MORTE DE HUGO! — repetiu a assembleia brindando em uníssono.

Hugo apoiou o atestado no prato e ficou silencioso por um momento.

— Então... Vocês são realmente fantasmas? — falou ele, timidamente.

A senhora Bete acariciou o rosto do menino. A luz do seu sorriso ressaltava as faces tingidas de cor-de-rosa e o cabelo azulado.

— Não há nada de mal em estar morto! Nós não sentimos dor nem somos infelizes. Aliás, isso seria impossível. Os fantasmas estão sempre em perfeita saúde, por natureza!

— Mas, se eu estou aqui — hesitou Hugo —, é que eu sou... como vocês?

— É claro, meu chapa! — sorriu Cornélio. — Somos todos fantasmas nesta mesa!

Um soco fez tremer os talheres.

— NÃOOO!!!!

Parreira se levantou com o rosto deformado por tiques nervosos.

— Não! Não! — gaguejou ele. — Eu num tô morto!

— Ora! Lá vai ele recomeçar! — exasperou-se Adelaide, soltando o garfo.

— Eu num *sô* um fantasma! *Sô* o guardião! — gritou Parreira.

Nicéforo soltou um longo suspiro de desânimo, semelhante ao assobio de um pneu furado.

— Parreira não consegue aceitar a morte — murmurou a senhora Bete ao ouvido de Hugo. — No entanto, ele é um dos fantasmas mais velhos do cemitério! Um padre do século XVI!

— Ele tem tanto medo da morte, que finge sempre estar vivo! — acrescentou Cornélio.

— Eu o acho divertido! — riu Gertrudes.

Nicéforo se levantou para se dirigir ao ex-padre num tom sentencioso.

— Ouça, meu amigo! Com quinhentos e quarenta anos, já era tempo de você agir como um adulto razoável!

— NÃO, NÃO e NÃO! EU *NUM* TÔ MORTO!

— Claro que não, senhor guardião! — replicou a senhora Bete, com diplomacia. — Aliás, o que diria de levar nosso jovem convidado para visitar o cemitério? Seria uma ocasião perfeita para que as devidas apresentações sejam feitas!

Um sorriso iluminou o rosto gordo de Parreira.

— Com prazer, nobre senhora!

Agitando os braços, ele saiu voando igual a um morcego e se empoleirou na parte de cima de um jazigo. O piano fantasma desfiou algumas notas macabras para introduzir o discurso do pretenso guardião.

11
APRESENTAÇÕES

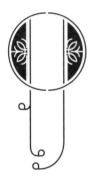

uçam, ouçam, visitantes! Se acreditarmos nos epitáfios, os cemitérios estão cheios de pessoas exemplares! "Mãe modelo", "Pai perfeito", "Amigo fiel"... Quantos elogios gravados nas pedras! Visivelmente, a morte elimina os pequenos defeitos! A honra e a virtude cumulam de glória aqueles que não existem mais! Entrem nesse mundo perfeito! E sigam-me! A visita vai começar...

Com um bater da capa, Parreira seguiu até a sepultura de Cornélio.

– Aqui, repousa Cornélio Pinchinat, morto em 1878 com a idade de trinta anos!

O botânico cumprimentou Hugo com um movimento de cabeça.

– Amigo das flores, das árvores e dos animais, sua genialidade teria marcado a história da ciência... se ele não tivesse sido assassinado pela sua noiva Violeta por causa de uma infidelidade que...

— Chega — irritou-se Cornélio. — Por quantos séculos, ainda, vamos repetir esse caso?

— Como queira, senhor fantasma — zombou Parreira, se encarapitando num pulo sobre o túmulo vizinho.

— Ao lado dele, repousa Violeta. Ah, que fonte inesgotável de soluços encerra esse encantador e pequeno jazigo! Depois do crime, ela se jogou do alto de uma falésia... Agora, ela resmunga ao lado do amado por toda a eternidade.

Do seu balanço, Violeta lançou para Cornélio um olhar cheio de amargura, ao qual o rapaz respondeu com um discreto pigarrear.

— E a visita continua! — cantarolou Parreira, enquanto se afastava em direção a outro túmulo.

— Aqui jaz Nicéforo de Mougins Roquefort, falecido por descuido no domingo, 28 de dezembro de 1834. Ele morreu durante o sono, sufocado pela dentadura que se esqueceu de tirar antes de dormir.

— Pobre desastrado! — berrou Adelaide.

Nicéforo se desculpou com um sorriso tímido, cujo brilho de porcelana contrastava com o tom da pele. Prosseguindo a homilia fúnebre, Parreira indicou outro nome gravado na lápide.

— Nicéforo repousa junto da mãe, Adelaide de Mougins Roquefort, morta com a idade de dezessete anos ao lhe dar à luz, como prova o pungente epitáfio que o marido mandou escrever no seu túmulo:

Morta em consequência de um feliz acontecimento.

À recordação dessa tragédia, Nicéforo caiu nos braços da mãe.

— Oh, perdão! Perdão, mamãe! — disse ele, em prantos.

— Pobre desastrado! — repetiu Adelaide, com os olhos cheios de lágrimas de reprovação.

Parreira se apressou a atingir a coluna vizinha, coberta de musgo com reflexos ocre e verde.

— Sob este encantador tapete de mato, repousa a senhora Bete Stanghellini. Amante das artes, inspiração de pintores, musa de poetas, sua morte foi espelhada em sua vida, fantástica e alegre, quando, numa bela noite de verão, sufocou-se de tanto rir ao observar um asno embriagado que tentava comer figos.

A senhora Bete caiu numa gargalhada tão comunicativa, que o riso se propagou para toda a audiência, com exceção de Adelaide.

— Vamos, vamos — riu Parreira. — Um pouco de respeito para com os mortos, por favor!

Ele passou por cima de um rochedo erodido pelo tempo, onde estava inscrito em letras góticas:

PADRE PARREIRA
1458 – 1503

— E quem repousa debaixo deste rochedo? — proferiu Nicéforo, com ar provocante.

— Esse aí, ninguém sabe mais! — admoestou-o Parreira.

Apressado em mudar de assunto, ele se afastou num trote rápido até a sepultura seguinte, enfeitada de anjinhos.

— Vamos nos recolher, agora, diante do túmulo de uma menina, que morreu na alegria de uma excursão de primavera...

— Ah, essa sou eu! — exclamou Gertrudes, levantando a mão.

— A coitadinha tinha apenas sete anos...

— Sete anos E MEIO! — protestou Gertrudes.

— Sete anos E MEIO — retificou Parreira — quando afundou num lago...

— Não foi culpa minha — choramingou a menina.
— Eu queria acariciar os patos...

Os soluços mudaram para um riso histérico.

— ...mas eu afundei! Ha, ha, ha!

Todos os fantasmas gargalharam de novo, e, fato notável, até as narinas de Adelaide se dilataram furtivamente sob o efeito de um espasmo nervoso.

Observando esse espetáculo, Hugo pensou, um pouco decepcionado, que o Além não curava nada e que se podia morrer e continuar louco. Absorvido por mil e um pensamentos, ele vagou entre as colunas que se erguiam tortas entre as samambaias fosforescentes.

— E os outros mortos? — perguntou ele. — Onde estão?

— Partiram para outros lugares! — respondeu Nicéforo, enxugando as lágrimas de riso.

— "Sublimados", para empregar um termo técnico — especificou Cornélio.

— E vocês? Por que ainda estão aqui?

— Eu, porque sou o guardião! — repetiu Parreira, caso alguém tivesse esquecido.

— Gostamos de voltar para passear no mundo onde vivemos — explicou a senhora Bete, tocando com a mão enluvada uma pilha de livros empoeirados. — A saudade nos prende às nossas ossadas. Esse cenário é tão suave, tão calmo, não acha? Não é o lugar ideal para sonhar, rir e se recordar entre amigos?

— Mas, cuidado! — ressoou de repente a voz de Violeta.

A jovem avançou na direção dos fantasmas, pisando em silêncio num tapete de bruma, como se andasse em cima das nuvens. Ela passou raspando por Cornélio, sem lhe dar nem um olhar, e se ajoelhou na frente de Hugo. — Você precisa saber que este cemitério também abriga coisas bem más!

— Sim! Coisas bem más — repetiu Gertrudes num murmúrio.

O piano soou um acorde lúgubre para enfatizar a gravidade da ameaça.

— Está vendo esses olhares de fogo que o observam no nível do solo? — cochichou Violeta.

— Bem perto das morchelas! — sibilou Nicéforo por entre a dentadura instável.

— São zumbis! — sussurrou Adelaide, rolando os olhos.

Hugo esquadrinhou a escuridão para observar as criaturas. Os rostos não passavam de um amontoado de carne derretida, às vezes lembrando a aresta de um nariz ou o sulco de uma boca. Suas pupilas reluzentes fitavam o menino, como chamas imóveis.

— O que você está vendo não é nada comparado ao número enorme que se esconde sob nossos pés — confiou a senhora Bete. — O subsolo está infestado desses monstros!

— Entre todos os tipos de fantasmas que fervilham no Universo, o zumbi é a espécie mais próxima do homem — explicou Cornélio. — Melhor dizendo, é bom desconfiar deles! É verdade que nós, espectros imateriais, não temos nada a temer da parte deles. Mas os zumbis são seres orgânicos que têm o poder de agir no mundo dos vivos. Felizmente, o ódio os mantém prisioneiros embaixo da terra. Mas se, por descuido, eles conseguissem fugir, cometeriam crimes horríveis!

— Que tipo de crimes? — murmurou Hugo.

A senhora Bete se inclinou no ouvido dele.

— O pouco de cérebro que lhes resta só tem uma obsessão: encontrar um meio de sair da terra para poder devorar os homens!

— A pérfida alma deles é perita na arte de manipular corações inocentes — acrescentou Adelaide. — Por isso, desconfie! Se eles falarem com você, ignore-os! Se lhe estenderem a mão, nunca a pegue!

Hugo fitou os fantasmas com um olhar suspeito.

— E o que me prova que vocês não são entidades maléficas me passando uma conversa fiada?

— Porque nós somos espectros, ora bolas! — exclamou a senhora Bete, num tom evidente.

— Os espectros são os fantasmas mais gentis do Universo! — afirmou Gertrudes, batendo os cílios.

— Como assim? — surpreendeu-se Hugo. — Existem vários tipos de fantasmas?

— É lógico, menino! — replicou Cornélio, com uma gargalhada. — O Universo é rico de espíritos de todas as formas e de diferentes características! Somos tantos quanto os grãos de areia da Terra!

Vampiresas, ectoplasmas, *poltergeists*, damas brancas e por aí afora!

— Mas e eu? — perguntou Hugo, subitamente fascinado. — Que tipo de fantasma eu me tornei?

— Tudo depende da causa da sua morte! — respondeu Cornélio.

Hugo tentou reunir as lembranças confusas dos seus últimos instantes.

— Não me lembro mais... Está embaralhado na minha cabeça... Era de noite... Eu estava com sede... E, depois, alguma coisa me assustou... Eu corri para a floresta... Estava com medo, não sei mais por quê...

Intrigado com a amnésia de Hugo, Nicéforo deu uma olhada discreta no atestado de óbito posto em cima do prato. O espaço reservado para as causas da morte estava em branco. O fantasma arregalou os olhos. Essa omissão não era comum. Era até mesmo espantosa! Durante toda a sua morte, nunca vira um atestado incompleto! Ele pôs de volta o documento no lugar, sem demonstrar nada de sua perturbação.

— Eu subi a colina — prosseguiu Hugo — e, depois, caí no lago... Lá, acho que me afoguei...

— O mesmo que eu — falou Gertrudes com um traço de orgulho.

— Afogado? É uma maldita de uma boa notícia! — exclamou a senhora Bete. — Os afogados de coração puro se tornam espectros! Como nós! Isso não é formidável?

Não, Hugo não achava isso nada "formidável". Agora que ele pensava estar conformado com a ideia da própria morte, um sentimento de pânico tomava conta dele de novo.

— E os meus pais? Onde estão eles? Se também estão mortos... Por que não estão aqui?

— Não deve se preocupar com eles, querido — tentou acalmá-lo a senhora Bete. — Com certeza, não estão longe! Imagine que nós estamos no palco de um teatro... e que eles esperam por você nos bastidores!

Hugo teve a impressão de que seu corpo se cobria com um suor gelado.

— Não! Eu não quero estar morto! Quero que tudo volte ao normal! — balbuciou ele, desabando em soluços.

— Não, mas que maricas! — disse rispidamente Adelaide. — Esse senhor tem uma crise só por que está morto! Existem coisas bem piores na vida!

— Ponha-se um pouco no lugar dele — respondeu, secamente, Violeta. — Numa única noite perder os pais e morrer, isso é muito para um menino!

— Devíamos lhe apresentar o Além sob uma luz alegre e encantadora! — sugeriu a senhora Bete.

— Excelente ideia! — concordou Nicéforo. — Vamos contar para ele a alegria de estar morto!

Adelaide replicou dando de ombros, enquanto os fantasmas formavam um círculo em volta de Hugo para que cada um deles cantarolasse um motivo de consolo.

— Vamos, menino! Você não compreende que a morte é superior à vida?

— O ser humano dá vergonha às estrelas. Qual o pesar de deixar de ser um deles?

— Será que sair da lama, deste teatro de loucos, merece mesmo sofrimento?

— Pense na felicidade que oferece o repouso eterno!

— Acabaram-se os lábios rachados e os dentes cariados...

— ... E as picadas de abelha e os joelhos ralados!

Sentados nas duas extremidades de uma tábua equilibrada em cima de um túmulo, Parreira e a senhora Bete se balançavam, rachando de rir.

— Sem contar que um morto pode brincar de gangorra durante séculos sem nunca sentir dor no traseiro! — exclamou a velha senhora.

Hugo se levantou e lançou um olhar de tédio aos dois.

— Na verdade, vocês são completamente malucos!

A campainha de um despertador tocou de repente.

— Nicéforo? Está na hora da mamada! — anunciou Adelaide.

O fantasma tricentenário protestou com um suspiro.

— Mas não estou com fome, mãe!

— Sem discussão!

Com uma expressão amuada, Nicéforo amarrou um guardanapo em volta do pescoço antes de se aconchegar na mãe para mamar no seio dela, oculto sob um colete de renda. Hugo sentou-se perto de Adelaide e contemplou a cena com um ar contrariado.

— Veja só a sua sorte — disse a jovem mãe, esboçando um sorriso melancólico. — Agora que você morreu, nunca terá filhos!

— Por quê? — surpreendeu-se Hugo. — Não gosta deles?

— Claro que sim, meu querido! — replicou Adelaide, com uma doçura inesperada. — Mas ter filhos é renunciar à própria vida. Dizem que não há coisa mais bonita no mundo, mas isso é mentira! Os homens fazem filhos nas mulheres com o único objetivo de mantê-las enclausuradas nos quartos.

— Eu achava que eles faziam filhos por amor! — disse Hugo.

Nicéforo se virou bruscamente, com a boca ainda branca de leite.

— É amor expor o sangue do seu sangue às doenças, à religião, ao trabalho forçado, à guerra, aos impostos e aos terremotos?

Um raio de luz furou subitamente o nevoeiro e os fantasmas perceberam dois vultos de contornos desfocados descerem os degraus do cemitério.

— Droga! Os vivos! — tremeu Adelaide.

— A esta hora? — surpreendeu-se Cornélio.

— Não gosto dos vivos! Eles me dão medo! — choramingou Gertrudes, aconchegando-se na senhora Bete.

Fiel ao seu papel de guardião, Parreira avançou para cima dos visitantes.

— Alto lá, profanadores! O cemitério fica fechado à noite!

— Pare com a palhaçada, está bem? — enervou-se Cornélio. — Você sabe muito bem que eles não podem vê-lo!

Parreira soltou um "puf" sonoro e se afastou de mau humor.

O nevoeiro estava tão denso, que as lanternas dos visitantes pareciam cuspir raios laser. Aos olhos deles, o cemitério não passava de um deserto de matos e ruínas mergulhado na noite. Como poderiam imaginar que alguns espíritos observavam atentamente seus gestos? Para os vivos a morte era invisível, mas os fantasmas, em compensação, gozavam de uma visão perfeita da vida. Infelizmente! Cem vezes infelizmente! Pois Hugo iria preferir nunca ter assistido à cena que se desenrolaria diante dele.

12
O COMPLÔ

 menino reconheceu os visitantes sem dificuldade.

— Hugo! Você está aí? Não tenha medo! Sou eu, Gringoire! O policial!

O prefeito andava atrás dele, varrendo os túmulos com uma lanterna e a mão trêmula.

— Apareça, menino! Estamos aqui! Você não tem mais nada a temer!

Hugo gostaria de se jogar nos braços deles para abraçá-los e que o simples contato o trouxesse de volta à vida. Mas, infelizmente, os mortos só ressuscitam nas histórias ou nos sonhos. E mesmo que ele pudesse se manifestar, os dois visitantes teriam gritado de horror diante do que ele havia se tornado: um fantasma! O seu coração se encheu de infinita tristeza. De nada adiantava gritarem seu nome, ele nunca mais seria a criança que os homens estavam chamando.

— Mas para onde ele pode ter ido? — lamentou-se o prefeito, corroído de angústia.

– Acalme-se, Emílio. Vamos acabar encontrando-o!

Hugo pensou discernir uma terceira silhueta ao longe. Essa aparição reavivou uma lembrança de pavor. O homem de preto! O punhal que ele tinha na mão ainda estava úmido do sangue dos seus pais. Nem Gringoire, nem Bouffarel ouviram-no se aproximar. Hugo quis gritar, alertá-los: "Cuidado! Atrás de vocês!".

Bouffarel sentiu uma presença nas costas. Com um pulo, deu meia-volta apontando a lanterna sobre o assassino.

– Ah, é você! – proferiu o prefeito num só fôlego. – Me deu um baita susto!

– E então? – resmungou Gringoire. – Onde se meteu aquele maldito garoto?

– Não sei – murmurou o homem de preto. – Eu o vi cair no lago e, depois, mais nada. Com um pouco de sorte, talvez ele tenha se afogado!

– *Talvez tenha se afogado?*

Uma voz acabara de ressoar no silêncio. Surgindo do nevoeiro, o marquês de Balibari se aproximou do homem de preto com um sorriso zombeteiro nos lábios.

– Meu caro, ninguém mata "um pouco", "talvez" ou "pela metade". Em todas as coisas, o que merece ser feito, merece ser bem-feito. E esse ditado vale especialmente quando temos o projeto de assassinar uma família inteira!

Rosto encovado, nariz de bico de pássaro e cabelos brancos puxados para trás, o marquês era um modelo de elegância antipática. Ele se agachou para molhar os dedos numa poça de petróleo.

— Se essa criança sobreviver, o assassinato dos pais não terá servido para nada. O menino herdará a propriedade e nós poderemos dizer adeus a este tesouro...

Levantando-se, ele fuzilou com o olhar o homem de preto.

— Nunca deveríamos ter confiado a você o papel de assassino. Se, como aconselhei, tivéssemos recrutado um profissional, não estaríamos nessa situação! Mas você fazia tanta questão de matá-los pessoalmente! E eu cedi! *Mea culpa!* Minha mãe sempre me disse. Meu bom coração me colocaria a perder!

Oscar retirou a balaclava, revelando um rosto pálido e feições transtornadas. Ele se sentou num túmulo para acalmar seus tremores.

— A propósito do assassinato — prosseguiu o marquês com ênfase na ironia —, matar lhe deu o tanto de prazer que esperava? Porque uma coisa é desejar a morte de alguém! Mas outra é assassinar com as próprias mãos! Infelizmente, muitas vezes existe um abismo entre o sonho e a realidade!

Oscar permaneceu em silêncio, com o olhar no vazio. Balibari sentou-se perto dele para cochichar no seu ouvido.

— Posso lhe fazer uma pergunta? É indiscreta, mas somos cúmplices de um crime odioso... Isso cria uma espécie de intimidade, não? Nessa história, os nossos motivos são ignobilmente materiais. Velha mentalidade das pessoas da Terra, o que eu posso fazer? Mas e você? O dinheiro lhe é indiferente, não é? O que lhe fez esse irmão maldito para você querer tanto a morte dele e de toda a família?

Atormentado pelas lembranças, Oscar abriu a boca para confessar um segredo...

Porém, um grito longínquo imobilizou seus lábios.

— Hugooo! Hugooo!

Os quatro homens se debruçaram do alto da escarpa. No horizonte, a silhueta de Ana se destacava com os primeiros raios da aurora. Precedida por Fani, a velha senhora vagava pelas margens do pântano, lançando chamados desesperados.

— Hugo! Responda! Hugooo!

— Ela encontrou os corpos dos pais — disse Gringoire a meia-voz. — Agora está procurando a criança!

— Deus faça com que o menino esteja morto — estremeceu o prefeito, fazendo o sinal da cruz. — Se, por azar, o menino sobreviver, esta história corre o risco de acabar mal!

— Ela deve ter se espantado com meu desaparecimento — preocupou-se Oscar.

— Você pode dizer que saiu em busca da criança. E não será uma mentira — respondeu o marquês com um sorriso gelado.

Ele tirou do bolso um binóculo para observar, ao longe, o comboio de policiais e do IML que disparava em direção ao local do duplo assassinato.

— A polícia está a caminho. Tudo se desenrola segundo os nossos planos. Só falta pôr a mão no menino. Morto, evidentemente! Que cada um volte ao seu posto. Vamos ficar prontos para a continuação das operações...

E os quatro vultos desapareceram na noite.

Hugo jazia inconsciente no chão. Seus olhos estavam cobertos por um véu opaco, como se o que ele vira tivesse queimado seu olhar.

— Pobre menino — suspirou Nicéforo. — Se não estivesse morto, provavelmente essas revelações o teriam matado.

— Puxa vida, que bela família! — vociferou Parreira com um ar indignado.

Gertrudes, timidamente, sacudiu Hugo pelos ombros para acordá-lo.

— Dê-lhe tempo para voltar a si — disse a senhora Bete.

— Imagino a alegria desses canalhas quando souberem que Hugo está morto — praguejou Nicéforo.
— Todos os seus sinistros projetos poderão se realizar.
— Se o tio de Hugo herdar Monliard — estremeceu Adelaide —, os homens virão cavar os poços! E o que será de nossos túmulos, nossas estátuas, nossas ossadas?
— Eles vão desenterrar nossos esqueletos! — exclamou Gertrudes apavorada.
— Acalmem-se! — exclamou Cornélio. — Vamos abordar o problema sob o ângulo da lógica e do método. Antes de qualquer coisa, precisamos determinar a origem do petróleo.
— Se você souber tanto de petróleo quanto sabe de cogumelos, estamos numa fria! — comentou Nicéforo.
A cara de um zumbi emergiu de uma poça. O rosto laqueado de preto varreu a assembleia com um sorriso insolente. Cornélio observou-o, incrédulo, depois deu um tapa na própria testa soltando um grito.
— Já entendi!
— O quê? O que você entendeu? — assustou-se a senhora Bete.
— São os zumbis que fazem o petróleo subir.
— Como assim? Explique-se!
— É uma armadilha para iscar os homens! Os zumbis sabem que eles não resistirão a escavar a colina!

— Mas, ora bolas, com que objetivo? — espantou-se Nicéforo. — Esta colina também é a casa deles!

— Pense bem! Os trabalhos de perfuração lhes permitiria fugir!

— Para invadir o mundo e devorar os vivos! — compreendeu a senhora Bete, num murmúrio.

Os fantasmas ficaram estarrecidos diante da amplidão da catástrofe. Como uma confissão, um zumbi começou a rir ironicamente.

— Já que não podemos ir até os homens, fazemos os homens virem até nós.

— Vocês são horríveis! — gritou Gertrudes, jogando-lhe uma pedra na cabeça. — Por culpa de vocês, os malvados mataram Hugo e a família dele!

— Não fizemos nada para forçá-los — ironizou o zumbi. — Os homens nunca se conformam por terem nascido. Para se consolarem por existir, eles estão prontos a cometer as maiores baixezas...

— A estupidez e a crueldade impregnam a carne humana de uma sutil fedentina — acrescentou um outro. — Essa pestilência, infelizmente, atiça nossa gula... Pobres malditos que somos, condenados para toda a eternidade a desejar essa espécie.

Hugo soltou um suspiro, e os fantasmas se inclinaram na direção dele.

— Espero que ele não morra uma segunda vez! — murmurou Nicéforo.

Um véu de vapor escapou da boca do menino.
— Vocês viram isso? — murmurou Parreira.
Cornélio se ajoelhou para observar o incrível fenômeno.
— Parece... o vapor de um hálito!
— Como é possível? — gemeu Nicéforo com uma voz estrangulada.
— Não sei, mas é asqueroso! — disse Adelaide, franzindo o nariz de repugnância.
Um ruído de ronco fez os fantasmas estremecerem de novo.
— E isso? Vocês ouviram?
— Vem da barriga dele!
— *Roncc!*
Gertrudes arregalou os olhos redondos.
— Nenhum fantasma pode soltar fumaça pela boca nem sua barriga pode roncar!
Nicéforo se apoderou do atestado de óbito de Hugo.
— Tem uma coisa ainda mais estranha. Olhem! Este documento não menciona nem a causa nem a data e a hora morte dele.
Os zumbis esticaram o pescoço para tentar ver a folha que Cornélio examinava com uma expressão preocupada.
Uma campainha de telefone tocou subitamente e um retângulo de luz apareceu no bolso do pijama de Hugo.

— Mas que diabrura é essa? — exclamou Adelaide.

Cornélio pegou o aparelho, puxando devagar pelo fio do fone de ouvido. A tela luminosa exibia: "Número confidencial".

Nicéforo pegou o objeto para examiná-lo.

— Que lanterna esquisita!

Ele tocou na tela, e um som fanhoso saiu de um dos fones. Intrigado, o fantasma o aproximou de um ouvido, e uma canção ressoou até o fundo do seu ser.

Viver na Terra
Não é bom coisa nenhuma,
Eu quero ar
E viver como uma pluma.

Leve como uma pluma,
Leve como uma pluma.

— Uma lanterna com música! — exultou o aristocrata. — Que loucura! Maravilhosamente louco!

Arrastado pelo ritmo moderno, Nicéforo esboçou um passo de dança gritando o refrão em altos brados.

— LEVE COMO UMA PLUUUMA!

Com um gesto brusco, Adelaide lhe arrancou o fone dos ouvidos.

— Pare de agir como um menino deficiente nesses momentos dramáticos, está bem?

Um ronco atraiu de novo a atenção para Hugo.

— A situação é grave — declarou Cornélio. — Precisamos contatar O Poemandro...

— O Poemandro — sobressaltou-se Parreira. — Oh, não! Ele me dá muito medo!

Cornélio abriu a gaveta de uma cômoda para tirar uma vela com pavio duplo.

— Só um bruxo da categoria dele será capaz de estabelecer com certeza a identidade do fantasma de Hugo...

— Você tem razão — concordou a senhora Bete. — Já é hora de saber com quem estamos lidando!

Cornélio acendeu a vela, repetindo pausadamente, por três vezes, o nome tão temido:

— Poemandro... Poemandro... Poemandro...

Na terceira invocação, os fantasmas se juntaram atrás de Cornélio, tremendo.

13
O POEMANDRO

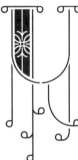m comprido vulto desceu do céu envolvido por uma coluna de fumaça. Rosto austero e careca, o gigante delgado usava um smoking bege paramentado com uma gravata-borboleta de seda vermelha. O forte odor de benjoim era prova da sua importância.

Os fantasmas receberam-no com um respeitoso cumprimento de cabeça.

— Caro Poemandro — disse Cornélio —, temos a honra de solicitá-lo para que resolva um mistério.

O bruxo fitou o interlocutor com um olhar impassível, ainda mais perturbador porque nunca piscava os olhos.

— Acabamos de recolher o fantasma de um menino cujo comportamento nos intriga — prosseguiu Cornélio.

— Tememos que se trate de um demônio! — disparou Adelaide.

— Veja! — cochichou a senhora Bete. — A barriga dele ronca e a boca produz fumaça!

— Além do mais, o atestado de óbito não menciona a data nem a causa da morte!

Sem expressar uma ponta de emoção que fosse, O Poemandro abaixou o olhar para o menino. Houve um longo silêncio durante o qual Parreira notou com repulsão que os dedos do bruxo não tinham unhas.

Por fim, O Poemandro levantou a cabeça e declarou num tom monocórdio:

— Isso merece um exame.

❈ ❈ ❈

Hugo acordou num assento inclinado semelhante a uma cadeira de dentista. Na sua cabeça havia uma coroa metálica provida de pontas ligadas por filamentos de cobre. A cadeira possuía braços articulados e tabuinhas laterais abastecidas de instrumentos estranhos — fantômetro de mercúrio, condensador ectoplásmico, evaporador espírita e uma grande quantidade de frascos cheios de caldos misteriosos. O bruxo farejou o menino com cuidado, depois o tocou de leve com o dedo para se assegurar de que ele não emitia nenhuma onda maléfica.

— Parece que você teve uma disputa com personagens pouco recomendáveis — disse ele, enquanto examinava a dentição do menino. — O que aconteceu?

A exaustão impediu Hugo de responder.

— Ele alega que se afogou — segredou a senhora Bete.

— Na água? — perguntou o bruxo.

— Bom, é claro! — riu, imprudentemente, Parreira.

O Poemandro se empertigou fulminando o insolente com o olhar.

— Já vi crianças se afogarem no leite que escorria do seio da mãe! Sufocarem com a própria baba! Ficarem asfixiadas numa tigela de sopa! Morrerem com um copo de suco de laranja!

Confuso, Parreira abaixou a cabeça como desculpas.

— Eu... caí... no lago — balbuciou Hugo, baixinho.

— Foi um acidente ou um crime? — perguntou O Poemandro, colocando os óculos de aumento que agravavam a seriedade do seu olhar.

— Não sei mais — murmurou o menino, para quem a recordação de sua morte remontava há mil anos.

Com o olhar pregado num espéculo, o bruxo examinou o fundo do ouvido do paciente, em seguida mordiscou um dos seus polegares.

— Ele não tem o aveludado dos ectoplasmas... — declarou.

E mastigou um dos seus fios de cabelo.

— ... nem o amargor dos espectros...

O bruxo enfiou o indicador na boca de Hugo, depois o molhou num frasco cheio de uma substância alaranjada.

— Não atinge o ponto de condensação — declarou O Poemandro, enquanto o líquido ficava azul.

— O que isso significa? — preocupou-se a senhora Bete.

— Que esta criança não morreu afogada.

Os fantasmas trocaram um olhar desconfiado.

— Ele mentiu para nós! Sabia que tínhamos de desconfiar dele! — berrou Adelaide.

— Será que ele é uma alma penada? — sugeriu a senhora Bete, a meia-voz.

— Não — replicou pensativo O Poemandro. — Ele seria translúcido!

— Um *poltergeist*?

— Não! Ele teria os dentes verdes.

— E se fosse um elfo? — perguntou Gertrudes.

O bruxo fez que "não" com a cabeça.

— Melhor assim — disse Parreira. — Os elfos são idiotas!

— Vejam o instrumento diabólico que ele esconde no bolso! — acrescentou Adelaide exibindo o celular.

— Oh, isso não é nada — respondeu o bruxo. — Trata-se de um velho iPhone, com 16 gigas de memória, chip A9 com processador de 64 bits. Um acessório inofensivo e já antiquado para a época dele.

— Em boa hora! — disse Nicéforo, que pegou o aparelho e pôs novamente os fones no ouvido.

— De qualquer forma... este menino é um fantasma atípico — continuou O Poemandro, calçando uma luva metálica. — O único meio de identificá-lo será elucidar as causas exatas da sua morte.

Sob o olhar preocupado dos fantasmas, o bruxo pôs a mão em cima da coroa de Hugo. Fechou os olhos e a luva começou a soltar faíscas.

A voz do Poemandro se transformou num gemido estridente.

— Esta criança não está morta... estrangulada... decapitada... enforcada... estripada.

Os fantasmas hesitaram em se alegrar, temendo que o bruxo revelasse uma realidade ainda mais terrível. A cabeça de um zumbi surgiu do solo para espionar a cena. Ele puxou a capa de Parreira que atrapalhava seu campo de visão.

— Saia da frente, bundão!

Como resposta, Parreira mandou-o de volta para debaixo da terra com um violento pontapé.

✦ ✦ ✦

Ana e Fani perambulavam nas margens do pântano à procura de Hugo. No fim das forças, a velha desatou em pratos.

— Hugo! Meu pequeno... Onde está você?

A cadela se aproximou de Ana para lamber as lágrimas dela. De repente, ergueu o focinho, claramente farejando o ar. Balançando o rabo, deu um pulo e correu na direção dos juncos.

O Poemandro continuou com a lúgubre enumeração.
— Esta criança não morreu esmagada... devorada... assada... cortada com um machado... retalhada...
Uma extraordinária revelação o atingiu, como um raio atingindo uma árvore.
— Esta criança... NÃO ESTÁ... NÃO ESTÁ...

※ ※ ※

Alertada pelos latidos de Fani, Ana apontou a lanterna na direção dos juncos. Um vulto meio engolido pelo lodo apareceu no meio da folhagem.
— HUGO!
O peito de Hugo se contraía sob o impulso de uma respiração entrecortada.

※ ※ ※

O grito do Poemandro ressoou até as trevas.
— ESTA CRIANÇA NÃO ESTÁ MORTA!!!
O piano fantasma repercutiu um acorde dissonante para enfatizar o assombro que se abateu no mundo dos espíritos.

14
REVIRAVOLTA INESPERADA

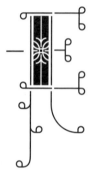le não está morto! – repetiu Adelaide com um tremor na voz.

– Não está morto! – murmurou Gertrudes, incrédula.

Os fantasmas se reuniram em volta de Hugo, meio inconsciente na cadeira. As pontas da sua coroa metálica soltavam finos filetes de fumaça.

– Que injustiça! – gemeu Nicéforo, se ajoelhando aos pés do menino como um ser vivo se inclinaria diante de um morto.

Para os zumbis, aquela revelação era mais do que uma reviravolta inesperada. Era um golpe imprevisto! A sobrevivência de Hugo acabava com qualquer projeto de evasão. A raiva deles se propagou no cemitério como uma onda sísmica, fazendo tremer as folhagens.

– Hugo é um *Doppelgänger* – declarou O Poemandro num fôlego.

– Um quê? – exclamou Parreira.

— *Doppelgänger* é o fantasma de uma pessoa ainda viva. Esse fenômeno extrai a substância de um dilema entre o corpo e o espírito. O ser se divide em duas partes. A alma almeja o repouso, mas o corpo se agarra à vida.

— Uma alma perdida entre duas margens! — murmurou a senhora Bete, acariciando o cabelo de Hugo.

— O que vai acontecer agora? — perguntou Violeta.

O Poemandro avançou até a beira da escarpa.

— Vejam perto do lago... A velha senhora acabou de achar o corpo dele agonizante. A alma da criança está entre nós, mas seu corpo ainda está vivo. Se sobreviver, Hugo vai retomar o curso de sua vida e só conservará desta noite a impressão fugaz de um sonho. Porém, se ele morrer, se tornará um fantasma para sempre.

— Hugo não deve morrer! — proclamou Cornélio com fervor. — O futuro da propriedade agora depende do destino dele. Se continuar vivo, o tio não vai herdar as terras. Se continuar vivo, ele será o dono de Monliard! Se continuar vivo, o nosso cemitério estará a salvo!

Cada frase foi pontuada com uma batida do salto e recolheu como resposta um concerto de grunhidos que subia do chão.

— Mas sem saber a velha vai levar o corpo de Hugo para o tio! O assassino! — percebeu Violeta, em choque.

— Verdade — respondeu O Poemandro. — Ela pensa estar salvando a criança, sendo que vai jogá-la na boca do lobo!

— Em que mãos sujas o pobre mundo caiu! — disse a senhora Bete se jogando num sofá.

Cornélio se virou para O Poemandro.

— Você, que dispõe de todos os poderes, precisa nos ajudar a salvar esta criança!

O bruxo replicou com um olhar sério.

— Por acaso se esqueceu de que os fantasmas não devem *em nenhum caso* interferir nos assuntos humanos?

— Mas é um assunto *nosso* que está em perigo! — objetou Cornélio. — Se o menino morrer é o *nosso* cemitério que será destruído, assim como as *nossas* ossadas!

— Juridicamente, isso tem certo fundamento — admitiu o bruxo com uma ponta de irritação.

— Cornélio tem razão! — acrescentou a senhora Bete. — O senhor tem o dever de salvar Hugo!

O Poemandro deu um sorriso gelado.

— Que seja... Vejamos o que se passa na casa da criança.

Com um bater de cílios, os olhos dele se transformaram em dois globos negros e brilhantes. Houve um momento de silêncio, e a boca do bruxo transmitiu, num murmúrio, o relato de suas visões.

— Eu vejo... reunidos em frente à casa da família... Vejo homens de uniforme... Os corpos dos pais estão sendo levados por veículos de faróis brancos.

"Eu vejo... o prefeito e o policial saindo dos seus carros. Maus atores, fingem tomar conhecimento da tragédia que eles mesmos fomentaram.

"Na sala, eu vejo o tio usar a máscara hipócrita do luto... Ele já se comporta como dono do lugar. O boato correu todo o povoado. Acompanhado da mãe, o marquês fez uma entrada que chamou a atenção. Todos falam em voz baixa. Murmuram que "a criança" desapareceu e que é possível apostar que não será encontrada viva. O marquês alega que, aliás, assim é melhor, pois seria muito cruel para uma criança sobreviver ao assassinato dos pais...

"Mas, esperem!

"Eis que a velha senhora volta do pântano carregando nos braços uma terrível notícia. Hugo está vivo! O tio e seus cúmplices empalidecem ao ver aquela imagem pela janela.

"Os quatro homens correm para os fundos da casa para pegar a criança longe dos olhares...

⚜ ⚜ ⚜

— Ele está vivo! Vivo! — gritou Ana assim que viu Oscar.

Este a puxou para um depósito de ferramentas onde o grupo se enfiou batendo a porta no nariz de Fani. Ana mal teve tempo de deixar Hugo nos braços do tio, quando Gringoire lhe quebrou a cabeça com um violento golpe de enxada. Ela desabou no chão, morta.

— Esconda isso no armário — disse o marquês com ar de repugnância. — Nós nos livraremos dela mais tarde.

— Não é arriscado deixar um corpo jogado aqui? — murmurou Bouffarel.

— Do que você tem medo? — replicou secamente o marquês. — Não sabe que as pessoas presentes na casa apoiam nossa causa?

Oscar sentiu Hugo se mexer contra o peito.

— Ele está se mexendo! O que vamos fazer com ele?

Balibari mediu o pulso do menino.

— Ele não vai muito longe! Vamos deixar a natureza agir...

— O senhor marquês tem razão — aprovou Bouffarel, que não queria assistir ao assassinato de uma criança. — Vamos deixar o menino morrer tranquilamente no seu canto. Afinal, não somos selvagens! Depois, nós o jogaremos no lago e com isso conseguiremos um afogamento dos mais verossímeis!

— Sábias palavras! — disse o marquês. — Enquanto isso, vamos esconder a criança no porão!

Oscar desceu rapidamente a escada do subsolo e deixou Hugo num lugar minúsculo. Fechou a porta com duas voltas na chave e se apressou a ir para a sala, onde todos já haviam assumido seu papel".

✣ ✣ ✣

O fantasma de Hugo se agitou na cadeira.

— Estou com frio! — gemeu ele.

A senhora Bete cobriu-o com uma mortalha para acalmar os tremores.

— Vamos nos apressar! — suplicou ela. — Esse menino está morrendo!

Cornélio andava de um lado para o outro coçando repetidamente a barbicha que lhe dava a aparência de um fauno.

— Temos de pegar o corpo de Hugo com a maior urgência e trazê-lo aqui para que O Poemandro lhe devolva a vida.

— Mas de que jeito? — replicou Violeta. — Não temos poder sobre a matéria! Como podemos roubar o corpo dele?

— Pela graça do *Mutatis Mortus!* — disse Cornélio, com um sorriso.

— Do quê? — exclamou Parreira.

— Do *MUTATIS MORTUS*! Nunca ouviu falar dessa feitiçaria?

— Bem, não, senhor sabe-tudo! E para que serve essa coisa?

— Para viver de novo! — respondeu Cornélio, num tom natural.

Num silêncio estupefato, ele se aproximou dos companheiros, com o olhar brilhando de malícia.

— O que me dizem de dar uma volta no país dos mortais?

15
O VOTO

ioleta se virou para O Poemandro.

— Viver de novo! Isso é possível?

O Poemandro fitou a jovem com seu olhar de autômato.

— *Quando a Musa antiga, altaneira e com seu caráter fabuloso / Se digna a deixar o Olimpo onde seu espírito está em repouso / No palácio dos reis, diminuindo seu impulso / Na lira de ouro, aos seus versos ela dá livre curso* — recitou O Poemandro.

Parreira franziu as sobrancelhas.

— Não entendi nada!

Nicéforo enrolou a ponta do bigode entre os dedos em sinal de irritação.

— Senhor, não é, em absoluto, o momento de se expressar em rima sublime quando cada instante nos aproxima de um crime!

— Você também faz! — observou o bruxo.

— O quê?

— Rimas!

— Eu queria, simplesmente, dizer que — exaltou-se Nicéforo —, numa situação intolerável, a poesia é desagradável!

— Mas por que você faz sem destaque essas rimas de araque? — exclamou Cornélio.

— Olhe! Você também está rimando! — observou o bruxo.

— Chega!!! — fulminou Nicéforo. — Viver de novo! Onde? Quando? Como? Por quê?

— O *Mutatis Mortus* é um feitiço que permite aos mortos voltarem à vida por 58 minutos e 23 segundos — declarou O Poemandro.

Os fantasmas ficaram boquiabertos.

— Eles podiam ter arredondado para uma hora! — observou Parreira em voz baixa.

— No entanto, preciso avisar que se trata de uma magia perigosa! Essa metamorfose pode gerar terríveis catástrofes! Porém, já que as ossadas estão em perigo, os fantasmas têm o direito de recorrer a ela.

— Então, ressuscite-nos sem demora! — ordenou Cornélio. — Temos de ir à casa de Hugo e nos apoderarmos do seu corpo antes que ele morra.

O Poemandro deu uma risada gozadora.

— Caro senhor Cornélio, o *Mutatis Mortus* não se consegue com um estalar de dedos! É uma decisão séria que precisa ser votada por unanimidade pelos habitantes do cemitério!

— Que seja! — replicou Cornélio, se virando para os amigos. — Nenhum de nós se opõe a essa aventura, não é?

Em sinal de aprovação, todos os fantasmas levantaram a mão, com exceção de Gertrudes e Parreira.

— E aí, Parreira? Você não vota?

— Eu? — disse este, fingindo surpresa. — Oh, mas só os mortos têm direito de votar! Eu *sô* só o guarda!

— Ah, não! Ele vai recomeçar! — exaltou-se Nicéforo, abrindo a gaveta de uma escrivaninha. — Desta vez, vou meter o atestado de óbito debaixo do seu nariz!

— Não, não, não! — exclamou Parreira.

— Mas, afinal, do que você tem medo? — irritou-se Cornélio. — Está morto e enterrado há séculos! Olhe ali! Seu nome está gravado naquele túmulo!

— Um homônimo, com certeza! — retorquiu o fantasma. — Parreira é um sobrenome comum!

Nicéforo desdobrou o atestado para lê-lo em alto e bom som.

— "Benedito Trofime, conhecido por Padre Parreira. Morreu em 1º de Aprilis de 1503 com a idade de quarenta e um anos! Causa do falecimento: Morto por afogamento num tonel de vinho branco."

A senhora Bete soltou uma gargalhada enquanto Parreira desabava de joelhos, com os braços abertos na direção do céu.

— Perdão, Senhor! Eu confesso! Eu bebi! Toda a minha vida eu bebi como um gambá! Oh, perdão, meu Deus! Eu pequei! O impossível aconteceu! Mas, piedade, não me mande arder no inferno!

Cornélio soltou um suspiro de desânimo.

— Você ainda não compreendeu que essas histórias de inferno e paraíso são para pegar trouxa?

— Você... Você acha que Deus não existe? — questionou Parreira abaixando a voz, de medo que um ouvido celeste pudesse escutá-lo.

— O Além não esclarece todos os mistérios! — sorriu a senhora Bete. — E é uma coisa estranha esperar que a morte tenha resposta para tudo!

— Acreditar em Deus não passa de uma servidão humana, assim como dormir, se alimentar ou fazer suas necessidades — continuou Cornélio. — A morte leva com ela a inquietação, a dúvida e o tédio. Livre desses tormentos, a questão de Deus não desperta mais interesse!

— No máximo, uma vaga curiosidade! — acrescentou Nicéforo.

A senhora Bete deu um abraço apertado em Parreira.

— Vamos, meu amigo! É preciso saber aproveitar a morte como aproveitamos a vida!

O ex-padre piscou os olhos.

— Por muito tempo negligenciei a reflexão! — disse ele, assumindo uma pose de filósofo.

— Está vendo muito bem que não tem nada a temer — sorriu-lhe Violeta.

— Como você tem razão, minha linda! — exclamou Parreira que, pela primeira vez desde 1503, se empertigou. — Essas superstições estragaram a minha vida, mas não estragarão a minha morte!

E ele começou a saltitar e a dançar fazendo graça para as estrelas.

— Eu estou morto, podre, seco, roído pelos vermes, mas estou pouco ligando, tralalalalá!

Levantando o punho, ele exclamou:

— Avante todos para o *Mutatis Mortus!*

Os companheiros aclamaram-no com gritos de alegria.

— Votou! — declarou solenemente O Poemandro.

Cornélio se voltou para Gertrudes.

— Só falta seu voto, querida! Levante a mão, e Hugo será salvo!

Mas a menina desafiou todos eles, cruzando os braços.

— Querida? O que está errado? — preocupou-se Violeta.

Gertrudes mordeu os lábios antes de explodir de raiva.

— Não quero que o Hugo seja salvo! Quero que os homens o matem pra valer e ele fique comigo pra sempre!

Ninguém teria imaginado que uma criança tão doce pudesse expressar tamanha raiva. Furioso, Cornélio pegou o braço dela para forçá-la e levantar a mão.

— É muito feio o que está fazendo, senhorita! E vai ter de votar como todo mundo!

O Poemandro interferiu.

— Nananinanão! Ninguém pode tentar influenciar a escolha de um eleitor por coação, ameaças ou generosidades, sob pena de anulação do voto.

Apesar da exaustão, Hugo lutava para acompanhar o curso dos acontecimentos. Ele reuniu todas as suas forças e se ergueu da cadeira.

— Você deve votar, Gertrudes — disse ele com um fio de voz. — Se eu morrer, os homens vão destruir tudo...

A menina reprimiu um soluço.

— Mas se você reviver, não ficaremos mais juntos!

Abalado, Hugo tentou encontrar as palavras.

— Quando eu estiver vivo, virei todos os dias ao seu túmulo...

Um véu de raiva cobriu o rosto da menina.

— Estou pouco ligando se você vem ou não ao meu túmulo! E para mim dá no mesmo se destruírem o cemitério! Quero que você fique comigo! Para que a gente finja rir, finja viver, finja comer! Porque todos aqui mentem, sabia? Nós nos entediamos na morte! É longa! É triste! É horrível a morte!

Cornélio interrompeu o discurso exaltado com um tapa.

— CALE-SE!

Embora um tapa de fantasma não provocasse nenhuma sensação de dor, o gesto conservava todo o seu caráter humilhante. Gertrudes esfregou o rosto desafiando Cornélio com um sorriso gelado.

— Violeta fez bem em matá-lo! No lugar dela eu teria feito o mesmo!

Gertrudes saiu correndo, e Cornélio abaixou a cabeça diante dos olhares reprovadores dos companheiros.

— Eu... eu sinto muito — disse ele, mais sentido por ter cometido o gesto do que se houvesse apanhado ele próprio.

— Sem o voto dela, nada de *Mutatis Mortus* — declarou O Poemandro, lacônico, arrumando seus instrumentos na maleta. — Agora devo deixá-los. Não lamentem! A essa hora, provavelmente os homens já acabaram com a criança.

E esse sinistro presságio fez renascer um pouco de esperança no coração dos zumbis.

Gertrudes desabou em soluços no canto mais escuro do cemitério. O solo rachou sob seus pés e o rosto de um zumbi emergiu da terra.

— E dizer que somos nós que passamos por maus na história — suspirou a criatura num grunhido suave.

— Vá embora — choramingou Gertrudes. — Não posso falar com você!

Uma segunda cabeça apareceu.

— Diga-nos a causa dessa imensa tristeza — pediu ele, com voz melosa.

Gertrudes dissimulou a vergonha e os soluços com as mãos.

— Não quero que salvem Hugo. Quero que ele fique aqui para sempre!

Os dois zumbis soltaram um suspiro falsamente comovido.

— Nesse caso, deveria ter aceitado votar o *Mutatis Mortus!*

Gertrudes levantou a cabeça.

— Por que diz isso?

Um terceiro zumbi ergueu uma mão descarnada para acariciar a canela nua da menina.

— Pense bem! Se você voltar a viver, pode ir à casa de Hugo e matá-lo de uma vez por todas!

— Uma punhalada no coraçãozinho amado e o menino será seu para sempre...

O chão se abriu com um tremor, revelando uma plateia de rostos com olhares de fogo.

— Volte a viver e vá matá-lo! — cochicharam os zumbis em uníssono. — Aí, Hugo se tornará um fan-

tasma entre os fantasmas, e você o terá por perto para sempre!
— Mas se eu fizer isso, não vão me repreender?
— Quem vai saber? — ironizou um zumbi de dentes pretos como carvão. — Pode confiar em nós! Ficaremos mudos como um túmulo!
Gertrudes se levantou, arrumou a fita de seda que amarrava a saia, e em seguida atravessou o cemitério num passo pensativo.
— Peço que me desculpem...
Os fantasmas se viraram.
— Sim, perdão! — disse Gertrudes, levantando a mão. — Eu dei provas de egoísmo e maldade. Por amor a Hugo... Eu me uno a vocês!
O Poemandro soltou a maleta no chão.
— Com esse voto, o *Mutatis Mortus* acabou de ser adotado por unanimidade! — declarou ele, sério.
Cornélio pegou Gertrudes pela cintura para fazê-la girar.
— Desculpe o meu gesto, querida! Estou com muita vergonha de lhe ter dado um tapa!
— Está tudo perdoado — sorriu ela, aconchegando-se no pescoço dele.
O Poemandro esfregou as mãos para carregá-las de energia.
— Agora, façam um círculo e deem as mãos. Vou trazê-los de volta à vida.

Hugo mal teve tempo de ouvir essas palavras, pois a exaustão tomou conta dele de novo fazendo com que fechasse os olhos, sem saber se acordaria morto ou vivo.

TERCEIRO ATO

16
VIVOS

Um clarão apareceu no céu. O turbilhão de estrelas se enrolou em si mesmo, formando uma espiral de intensidade crescente que caiu sobre os fantasmas numa chuva de fagulhas.

— Qualquer forma de pacto, contrato ou promessa com um mortal são rigorosamente proibidos! — declarou O Poemandro, com os braços estendidos para a fonte do fogo.

Os vultos fantasmagóricos se iluminaram como se uma aurora interior reavivasse todos os seres.

— Mais importante ainda — continuou o bruxo elevando o tom de voz —, vocês têm de tomar cuidado para NUNCA derrubar nenhum líquido em cima de um vivo, sob pena de causar terríveis catástrofes!

Restaurados no seu esplendor de outrora, os fantasmas se olharam com os olhos brilhantes de emoção. Os cabelos voltaram a ser sedosos e os enfeites, brilhantes. As roupas sem poeira vibravam de azul, ocre e açafrão. Novamente simples mortais, animais de carne e osso, eles se abraçaram como viajantes de volta de um longo exílio.

— Tenho a impressão de voltar à infância! — disse a senhora Bete, com as faces coradas de emoção.

— Estou com dor de dente! — extasiou-se Nicéforo.

— Sinto um formigamento nas pernas! — exclamou Adelaide.

Parreira levantou o punho em sinal de vitória:

— E eu estou com a bunda coçando!

O grupo desceu correndo a trilha da colina, titubeando sob o peso da alegria. Gertrudes e Parreira saltitavam como elfos em volta da senhora Bete, que pontuava cada lufada de oxigênio com uma gargalhada. Conduzidos por Cornélio, eles se deitaram na relva para escorregar ao longo da encosta rolando sobre si mesmos. Os ex-fantasmas chegaram ao pé da colina, descabelados e radiantes, com as roupas consteladas de botões-de-ouro e papoulas. Adelaide tirou a vegetação do vestido e levantou o nariz, inalando com deleite os perfumes da manhã de agosto. Nicéforo corria no rasto dela, embriagado de felicidade.

— Como gosto de vê-la, mamãe, tão alegre, tão viva sob o Sol!

— Sim, meu filho! Que prazer recuperar todas essas alegrias que seu nascimento me roubou!

Nicéforo parou bruscamente. Com certeza aquelas palavras o teriam matado se o poder do *Mutatis Mortus* não o mantivesse obstinadamente vivo.

Adelaide ergueu os braços em direção ao céu.

— O ar! O vento! O Sol! Oh, senhora Natureza, me banhe com maravilhas!

Como resposta do céu, um cocô de passarinho caiu no seu rosto. Sem perder a dignidade, ela limpou os lábios com o avesso da manga, em seguida se precipitou num passo alegre em direção a uma árvore com a qual se chocou, em pleno rosto.

O choque a fez cair sentada.

— Mãe! — gritou Nicéforo, correndo para socorrê-la. — Agora não atravessamos mais a matéria!

— Eu... eu me esqueci — gaguejou ela, cuspindo um dente.

Violeta se afastou para um campo e Cornélio correu atrás dela.

— Espere! Precisamos conversar!

— Para quê? — bradou ela, com os braços totalmente abertos para abraçar a carícia dos trigos.

— Perdoe-me! — implorou ele. — É tudo culpa minha! Mas você não tem um pouco de piedade pelo idiota que eu fui?

Violeta se virou. O negro profundo dos seus olhos contrastava com o dourado das espigas que raspavam no seu ombro. A respiração entrecortada acentuava o desenho das veias no seu pescoço. Cornélio ficou petrificado diante do esplendor do quadro. Violeta nunca lhe parecera tão bela.

— Foi há tanto tempo! — disse Cornélio. — Depois, eu mudei, sabia?

— Verdade... Morrer lhe fez muito bem — reconheceu ela, sem nenhuma ponta de ironia.

— Eu fui tão estúpido! Tão bobamente vivo!

— Nós dois agimos mal — replicou Violeta. — Eu me odeio por tê-lo matado!

— Ora! Não vamos ficar brigados toda a eternidade por ninharias! — exclamou Cornélio pegando a mão dela.

— Nós estragamos um amor tão belo — disse ela, de olhos baixos.

— Por minha culpa, Violeta! Somente por minha culpa. Mas éramos apenas mortais! Sabemos bem que é impossível amar de verdade enquanto estamos vivos!

— Está enganado — murmurou Violeta, com o olhar perdido nas lembranças. — Enquanto eu estava viva eu te amei tanto quanto agora. E duvido que, mesmo a mais morta das mortas, conheça uma felicidade parecida com a que foi a minha.

Dizendo isso, ela tirou do bolso um punhado de sementes.

— Antes do seu caixão ser fechado, cobri seu corpo com essas sementes que você gostava tanto...

Cornélio havia dedicado a vida a estudá-las e reconheceu a forma e a cor de cada uma delas.

— *Albuca Spiralis!* Sementes aromáticas! Mandrágora borboleta e o diamante da minha coleção, a *Sipo Matadore!*

— Seu túmulo é um verdadeiro viveiro de plantas, querido...

— Magnífico! — disse ele, com um sorriso emocionado. — Por que fez isso?

Violeta contemplou as sementes na palma da sua mão.

— Guardei este punhado quando me joguei no espaço vazio, com a esperança de que pudéssemos reencarnar com o aspecto de uma flor idêntica...

Pela primeira vez, depois de séculos, uma lágrima rolou no rosto de Cornélio. Ele se ajoelhou e traçou uma linha na terra, depois virou a mão de Violeta para derramar as sementes no sulco.

— O seu desejo vai ser realizado — disse ele, polvilhando as sementes com uma pitada de terra. — Olhe, nós vamos renascer!

Ele levou a mão de Violeta aos lábios.

— Ouça... Temos menos de uma hora para viver e muitas lutas a travar! Devemos nos perdoar, salvar uma criança e mudar o mundo... Mas, antes, devemos necessariamente realizar uma ação que resume todas essas coisas!

Os dois apaixonados, de olhos fechados e faces coradas, trocaram um beijo e, num movimento suave, deslizaram sobre o trigo.

❦ ❦ ❦

Agarrada ao braço do filho, Adelaide andava, num passo hesitante, nas margens do pântano. Seu nariz havia dobrado de volume e um galo azulado havia aparecido no meio da testa como a marca de uma divindade hindu.

— O que viemos fazer nesta confusão? — gemeu ela, ziguezagueando como uma bêbada. — Não estávamos mais felizes no quentinho embaixo da terra?

Ela tropeçou num galho e seu tornozelo estalou com um barulho seco.

— Aaaaaai!

Nicéforo segurou-a pelo braço.

— MAMÃE!

Cambaleando, ela se sentou numa pedra à beira do lago para recuperar o fôlego. A pedra rolou com o peso, projetando a infeliz, de pernas para o ar, num arbusto.

— MAMÃE!

Engolida pela folhagem, Adelaide gritava.

– ESTOU PEGANDO FOGO! ESTOU PEGANDO FOGO!

Nicéforo tentou levantá-la, mas quando roçou nas plantas pensou ter passado os dedos numa navalha.

– URTIGAS!

Num reflexo, ele empurrou Adelaide, que preferiu se jogar no lago do que cair novamente em cima das urtigas. Infelizmente, a água só tinha dez centímetros de profundidade e ela bateu de cabeça no limo rochoso.

Seguiu-se um silêncio só perturbado pelo canto de um sabiá.

– Tudo bem? – arriscou Nicéforo, num murmúrio.

Com o rosto deformado pelo tombo, Adelaide emergiu da água num emaranhado de tecidos, algas e lama.

– Você se machucou, mamãe?

– Sim! Isso é horrível! É ardido! É gelado! Queima!

– É a vida! – replicou o filho num tom fatalista e sutilmente satisfeito.

※ ※ ※

Violeta e Cornélio encontraram os companheiros reunidos na margem. Adelaide descansava encostada numa árvore, com o fôlego curto e as roupas encharcadas.

— O que aconteceu com você, pobrezinha? — preocupou-se Violeta.

— Minha mãe sofreu uma série de inconvenientes — respondeu Nicéforo, aflito.

A senhora Bete ajudou a azarada a se levantar.

— Pronto! Sente-se melhor agora?

— Que a gente morra de novo o mais rápido possível! — emitiu Adelaide, como único comentário.

O olhar de Cornélio foi repentinamente atraído para uns cogumelos ao pé de uma árvore.

— Veja! Que coincidência! Veja, Nicéforo! Espécimes idênticos aos do cemitério!

— Ah, é! Morchelas! — disse o homem velho, num tom que pretendia ser indiferente.

— Gyromitras venenosas! — retificou Cornélio.

A senhora Bete interrompeu secamente.

— Não temos nada mais urgente a fazer do que falar sobre cogumelos? Como, por exemplo, salvar uma criança?

Mas a ocasião de uma vingança era boa demais e Cornélio se virou para Nicéforo, ostentando seu ar mais irônico.

— Você não disse que, se estivesse vivo, comeria esses cogumelos para demonstrar minha ignorância?

— Constato com seriedade que à arrogância do pavão você adiciona a teimosia de uma mula! — replicou Nicéforo irritado. — Mas se faz tanta questão assim em passar por um afetado de meia-tigela, vou comer estes cogumelos na sua frente, sem hesitar!

— O tempo urge, senhores! — impacientou-se a senhora Bete, agitando seu relógio de bolso. — Vamos morrer de novo em quarenta e dois minutos!

Nicéforo farejou o punhado de cogumelos que havia acabado de colher.

— Provar a ignorância do senhor Cornélio será coisa rápida!

— Não tente o diabo, meu filho! — resmungou Adelaide, puxando uma alga pendurada na orelha. — Já nos ferramos bastante por hoje!

— Ouça a sua mãe e largue esse veneno — ordenou Cornélio. — Uma única mordida vai mandá-lo diretamente para o cemitério!

— Seria idiotice desperdiçar o seu *Mutatis Mortus!* — observou Parreira.

O aristocrata contemplou o punhado de cogumelos com um ar de dúvida, depois levantou a cabeça desafiando Cornélio com o olhar.

— ODI PROFANUM VULGUS[4]! — exclamou ele com uma entonação lírica, antes de engolir de uma só vez os cogumelos. A senhora Bete fez um "Oh" de espanto com os lábios e todo mundo prendeu a res-

---

4. Odeio o profano vulgar.

piração. Nicéforo crispou os punhos, temendo que o estômago explodisse numa efusão de tripas. Mas uma expressão de alívio iluminou seu rosto.

— Huumm! Um regalo! — exclamou ele, com uma gargalhada. — Está vendo? Não aconteceu nada! Ou melhor, sim! Aconteceu que ainda estou vivo!

— Puxa! — murmurou Cornélio.

— *Puxa!* — ironizou Nicéforo, batendo com orgulho no estômago. — Essa é toda a sua conclusão de cientista?

— Bom! Vamos? — exclamou Parreira. — Estamos morrendo de calor e eu bem que tomaria uma bebida para me refrescar!

— Não se esqueça da recomendação do Poemandro! — lembrou a senhora Bete. — NUNCA derrubar um líquido em cima de uma pessoa viva!

— "Sob pena de causar terríveis catástrofes" — caçoou Parreira, imitando a voz do bruxo, sem que ninguém achasse graça.

— Mas o que aconteceria exatamente se molhássemos um mortal? — perguntou Gertrudes.

— Não tenho ideia e não faço questão de saber — respondeu Cornélio.

— Vamos! A caminho, bando maléfico! — exclamou a senhora Bete. — Temos uma criança para salvar!

E com um passo decidido, os sete aventureiros venceram os últimos metros que levavam a casa.

17
COMO UMA PLUMA

grupo se esgueirou por entre os veículos da polícia estacionados no pátio.

— Quanto tempo nos resta? — cochichou Cornélio.

— Vinte e nove minutos! — respondeu a senhora Bete, consultando o relógio de pulso.

— Isso nos deixa pouco tempo para recuperarmos o corpo de Hugo no porão e levá-lo até O Poemandro!

— Acha que ele ainda está vivo? — perguntou Gertrudes, com a esperança de que uma morte natural a dispensasse de matar Hugo.

— Se você acreditar com bastante força nos seus sonhos, eles se tornarão realidade! — replicou a senhora Bete, com um sorriso.

— Sejam discretos! — disse Cornélio, abaixando a voz à medida que se aproximavam da casa. — Se os vivos fizerem perguntas, digam que somos amigos dos pais de Hugo...

— Mas não sabemos nem mesmo o nome deles! — inquietou-se Parreira.

— Bom, diremos simplesmente que somos amigos dos mortos!

— E se eles se surpreenderem com as nossas roupas?

— Não importa! Enquanto eles se surpreendem, nós damos o fora!

— BOA-NOITE! NÓS SOMOS AMIGOS DOS MORTOS! — articulou Parreira para exercitar a dicção.

— E o principal: prestem atenção para não molhar ninguém! — lembrou a senhora Bete.

— Você acha que eu sou imbecil ou o quê? — repreendeu-a Parreira.

Em frente à porta de entrada, Cornélio respirou profundamente.

— Psiu! Chegamos!

Ele apertou a campainha...

Porém, uma risadinha idiota ressoou às suas costas. E quando ele se virou...

— Nicéforo!

Com o beiço babando e o rosto coberto de pústulas, o apreciador de cogumelos sorria com um ar completamente débil.

— Hihihi! Hehehe! Hohoho!

— Gyromitras! — exclamou Cornélio. — Esse grande idiota se envenenou!

— Seu desastrado! — ganiu Adelaide.

— Mas de onde, quem quer o quê? — balbuciou Nicéforo, com os olhos redondos como pires.

Um oficial de polícia abriu a porta. Pego desprevenido, Cornélio exibiu uma careta que deveria passar por um sorriso.

— Aaah! Boa noite, amigo! Somos mortos... Errr! — retificou ele imediatamente: — AMIGOS dos mortos!

Parreira deu uma risadinha boba.

O oficial concordou com a cabeça, e os fantasmas entraram na sala imensa, com um nó na garganta.

Todas as conversas foram interrompidas com a entrada do grupo. As pessoas encaravam os visitantes que pareciam, com razão, vir de outros tempos. Uma barreira erguida ao pé da escada impedia o acesso ao quarto de Helena e Romano, cujos corpos haviam sido levados pela ambulância uma hora antes. Os móveis haviam sido empurrados para facilitar o trabalho dos investigadores, que se movimentavam do andar de cima ao térreo para recolher indícios. Gringoire e Bouffarel conversavam com o marquês, que viera como vizinho e "amigo da família".

Oscar se aproximou de Parreira com um ar suspeito.

— Posso saber quem são vocês?

— BOA NOITE! NÓS SOMOS AMIGOS DOS MORTOS! — respondeu Parreira, destacando cada sílaba.

Imediatamente, ele deu meia-volta e tropeçou no pé de um bombeiro. Por pouco o homem não soltou a xícara de café que segurava na mão.

— Epa! Eu não o molhei, soldado? — exclamou Parreira.

— Err... não! — disse o homem desconcertado.

— *Cê* tem certeza? Nem uma gotinha derrubada? — quis se certificar o padre, farejando o uniforme.

— Não, tudo bem! — replicou o bombeiro, irritado.

Parreira tomou a xícara de café de um gole, depois entregou-a de volta às mãos do homem perplexo!

Apressado para encerrar o incidente, ele se afastou num passo rápido e parou em frente a um armário de vinhos.

— Com a breca!

Fazia séculos que nem um copinho lhe refrescava a goela. Um afluxo de saliva inundou seu palato, e Parreira não pôde conter o filete de baba que lhe escorreu pelos lábios. Considerando que tinha menos de meia hora para viver, ele não quis perder aquela oportunidade única de beber sem ter remorsos por causa da saúde. O beberrão entreabriu o armário com muita emoção, como se tivesse acesso às portas do Paraíso. Com um saca-rolhas, abriu uma garrafa e bebeu diretamente no gargalo até a última gota.

Como dois farrapos humanos desgrenhados, Adelaide e Nicéforo vagavam entre os vivos em transe.

— Hihihihohoho! — ria Nicéforo repetidamente.

— Pare de chamar a atenção! — resmungou Adelaide.

Puxando-o rispidamente pelo cotovelo, ela o instalou numa cadeira.

— Aqui! E fique quieto, seu desastrado!

Nicéforo se jogou na cadeira e cumprimentou a mãe do marquês sentada à sua frente.

— Boa noite, madame! Hihihihi!

— Marquesa de Balibari! — anunciou ela num tom cortês, pensando reconhecer no ar perdido de Nicéforo, na sua tez cor de cera e na pele marcada de pústulas, um não sei quê de familiar que revelava uma ascendência aristocrática.

Mulher de caráter, caçadora emérita e genitora do marquês de mesmo nome, Joana Amélia de Balibari vivia presa a uma cadeira de rodas desde um acidente de caça, cujas circunstâncias haviam sido relatadas por um guarda-florestal indiscreto. Vinte anos antes, por ocasião de uma caçada de javali, a marquesa teve uma crise de diarreia causada por um prato de aves recheadas consumido na véspera. Então, quando ela se aliviava afastada dos seus companheiros de caçada, atrás de um anteparo de samambaias, seu traseiro emitiu uns ruídos intempestivos que o filho confundiu com o grunhido de um javali prestes a atacar. O marquês apontou a arma em direção às samambaias e deu três tiros, sem aviso, na mãe. Um projétil seccionou-lhe a coluna vertebral, fazendo com que ela perdesse para sempre o uso das pernas e o gosto pelas hortulanas.

Adelaide foi se sentar ao lado da marquesa, cumprimentando-a com um gesto de cabeça. Porém, suas nádegas erraram o assento e ela desabou por terra, arrastando a cadeira na queda. Quarenta pares de olhos se viraram em direção ao ruído.

– Huhuhu! – fez Nicéforo.

Cornélio e a senhora Bete acorreram.

– Você se machucou, querida? – preocupou-se a marquesa.

Com o nariz ensanguentado, Adelaide se esforçou para sorrir.

– Está tudo bem, senhora marquesa!

Um esguicho de sangue lhe saiu do nariz, salpicando a marquesa em pleno rosto.

– Desgraça! – sobressaltou-se a senhora Bete.

– Você a molhou!

Com um gesto rude, Cornélio torceu o pescoço de Adelaide para desviar o jato de hemoglobina. As vértebras cervicais emitiram um estalido, e Adelaide soltou um miado plangente.

Porém, o mal já estava feito, e uma fumaça esverdeada começou a sair dos ouvidos da marquesa.

— Não sei o que vai acontecer — disse Violeta.

— Com certeza, nada de bom! — alarmou-se Cornélio.

Sentado no chão de pernas cruzadas, ao pé do armário de vinhos, Parreira assistia ao desastre esvaziando, de uma vez, a terceira garrafa.

— E dizer que todo o mundo pensava que seria eu que iria fazer besteira!

A marquesa tremia no fundo da sua cadeira, produzindo bolas de saliva. Cornélio e a senhora Bete fizeram um anteparo com seus corpos para ocultar a catástrofe.

— É preciso pô-la a salvo dos olhares! — cochichou Cornélio, com a testa gotejando de suor.

— Eu cuido disso — replicou a senhora Bete.

Ela pegou a empunhadura da cadeira e empurrou a marquesa como uma flecha pela sala. Um bombeiro recuou para evitar o comboio que deixava no seu rasto um verdadeiro cheiro de esterco. A senhora Bete seguiu por um corredor, jogou a marquesa na lavanderia, fechou a porta com duas voltas na chave e voltou para a sala, assobiando uma ária barroca.

Com um lenço no nariz, Adelaide fitava o horizonte com um olhar de peixe morto. Nicéforo a examinava de alto a baixo, com um sorriso terno, tingido de ironia.

— Você também é desastrada — disse ele a meia-voz.

— Oh, sim! Muito desastrada! É de você que herdei isso... Obrigado pela herança! Eu sou como você me fez e nunca mais terei vergonha de mim! Ha, ha, ha! De repente, passei a me sentir tão leve! Como alguém diria... leve como uma pluma!

A senhora Bete consultou o relógio com apreensão.
— Vamos morrer de novo em vinte e três minutos!
— Voltem ao cemitério antes que seja tarde demais — disse Cornélio. — Eu me encarrego de levar Hugo.
— Quero acompanhá-lo! — protestou Gertrudes, temendo perder a oportunidade de cometer seu crime.
Mas a voz de Nicéforo ressoou de repente na sala:
— LEVE COMO UMA PLUMA!!!
E, num pulo, ele saltou em cima da mesa para cantar:

Viver na Terra
Não é bom coisa nenhuma,
Eu quero ar
E viver como uma pluma.

Sob a dupla influência do feitiço e dos cogumelos alucinógenos, Nicéforo saracoteava a velha carcaça num ritmo que ele era o único a entender.

Pare com essa barafunda,
Não vista coisa alguma,
Mexa a sua bunda
e deixe cair a pluma.

Diante de um auditório estupefato, Nicéforo saltitava nos quatro cantos da mesa, agitando os braços para sugerir o voo de um pássaro. Caindo de bêbado, Parreira se pôs a acompanhar o compasso com as mãos. Nicéforo convidou a mãe para se juntar a ele. Depois de hesitar um pouco, Adelaide esboçou um sorriso e subiu na mesa para cantar em coro o refrão.

Eu não quebro nunca mais,
No betume, os dentes jamais,
Depois dessa troca demais
do alcatrão pela pluma.

Leve como uma pluma,
Leve como uma pluma.

Parreira jogou o saca-rolhas para Gertrudes e se juntou aos cantores em cima da mesa. Com o utensílio na mão, a menina percebeu que tinha a arma perfeita para assassinar Hugo. Bastava espetar no peito dele a haste em hélice para lhe furar o coração com uma simples volta do saca-rolha.

– Com um grande sorriso nos lábios, ela foi em direção ao porão sem que ninguém a notasse.

Leve como uma pluma,
Leve como uma pluma.

Oh, yeah!

Nicéforo terminou seu número com uma cambalhota para trás e foi cair nos braços de Parreira. A apresentação foi saudada por um silêncio ensurdecedor. O trio ficou imóvel por um momento, antes que o sorriso fosse se apagando, à medida que tomavam consciência do ambiente à sua volta. Oscar se aproximou da mesa, batendo o salto do sapato no assoalho.

— Como ousam se comportar assim na minha casa e nessas circunstâncias? — rugiu ele.

A porta da lavanderia se abriu de repente com um estrondo. Todo mundo se virou, e a senhora Bete adivinhou que iria acontecer alguma coisa terrível. Ouviu-se um ranger de rodas no assoalho, e a marquesa de Balibari apareceu na entrada da sala.

— Mãe??? — engasgou o filho.

O vulto dela estava envolvido numa aura de fumaça verde. No entanto, podia-se ver a cabeça careca coberta de crostas e as feições murchas, como um rosto de cera derretida. Uma coisa de um amarelo viscoso pendia das suas narinas.

— Zumbis! — gritou Cornélio. — É isso que eles se tornam quando os molhamos!

Olhares incrédulos iam dos homens para os fantasmas e dos policiais para os bombeiros. Mas só Adelaide notou a palidez de Parreira.

— Não está se sentindo bem? — perguntou ela, temendo que os efeitos do feitiço estivessem acabando.

Parreira nem teve tempo de responder. Abriu, subitamente, uma boca enorme e vomitou em cima das pessoas um extraordinário esguicho de vinho.

18
O ATAQUE DOS MORTOS-VIVOS

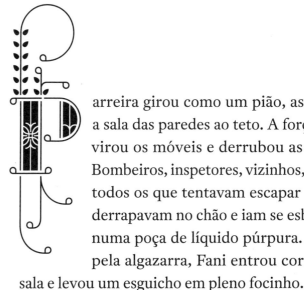

Parreira girou como um pião, aspergindo a sala das paredes ao teto. A força do jato virou os móveis e derrubou as cadeiras. Bombeiros, inspetores, vizinhos, marquês, todos os que tentavam escapar do gêiser derrapavam no chão e iam se esborrachar numa poça de líquido púrpura. Alertada pela algazarra, Fani entrou correndo na sala e levou um esguicho em pleno focinho.

Finalmente, o dilúvio cessou e Parreira limpou os lábios delicadamente com o avesso da capa.

— Peço desculpas, hein?

Parecia que um tornado havia devastado a sala. Os homens estavam caídos amontoados desordenadamente, se debatendo uns em cima dos outros num concerto de resmungos. Penachos de fumaça se elevavam dos corpos agitados por espasmos.

— Eles estão se transformando em zumbis! — falou sufocada a senhora Bete, com os olhos arregalados.

— Você foi avisado para não molhar ninguém! — gritou Cornélio, louco de raiva.

— Não tenho nada a ver com isso! — protestou Parreira. — Foi porque não passaram o café!

Quando os vapores se dissiparam, a terrível metamorfose estava completa. Os homens não passavam de fantoches desarticulados, com os rostos corroídos pelo apodrecimento. O marquês estava desfigurado. Seus olhos pendiam para fora das órbitas, como duas bolas de gude leitosas balançando nas pontas dos nervos óticos. A senhora Bete, Violeta e Cornélio subiram na mesa para unirem forças com Parreira, Adelaide e Nicéforo. Este, totalmente são, havia perdido a vontade de cantar.

— Onde está Gertrudes? — exclamou a senhora Bete, enlouquecida de preocupação.

Os monstros, atraídos pelo cheiro de carne, esticaram os braços esqueléticos em direção à mesa. Agarrados uns aos outros, Adelaide e Nicéforo rivalizavam nos seus gritos de pavor. O zumbi de Bouffarel arrancou o sapato da senhora Bete com a boca. Gringoire plantou suas presas nos fundilhos de Parreira e ali ficou suspenso. Com repetidos chutes de calcanhar, Violeta conseguiu com que ele o soltasse. Porém, de nada adiantava os fantasmas expulsarem os atacantes, as criaturas insensíveis à dor voltavam a atacar, mais ferozes ainda.

Cornélio esticou os braços para o grande lustre pendurado no teto. Num lampejo, seu olho de cientista avaliou que o comprimento da corda permitiria efetuar um voo planado de cinco metros por cima da horda enraivecida.

— Segurem-se em mim! — gritou ele.

Seus amigos se agarraram na cintura de Cornélio e este se agarrou ao lustre.

— Atenção, foi dada a partida!

Ele se jogou no ar e a corda arrebentou na mesma hora, projetando os fantasmas na matilha de zumbis.

Gertrudes percorria os corredores do porão em busca de Hugo. Com dificuldade para respirar, ela parou em frente a uma porta trancada.

— Hugo? Você está aí?

Ela bateu por três vezes.

— Eu sei que você está aí! Abra a porta para mim!

Ela começou a chutar a porta furiosamente.

— Abra! Abra! Preciso salvá-lo!

Os ex-fantasmas se mexiam por todos os lados para fugir das mordidas. Adelaide foi a primeira a conseguir sair da confusão e caiu de cabeça no armário de vinhos. O móvel desabou num estrondo, quebrando-lhe os ossos.

Puff!!!

O fantasma de Adelaide apareceu instantaneamente no cemitério numa explosão de fagulhas. O Poemandro ergueu uma sobrancelha.

— E então? Como estão as coisas lá embaixo?

— Uma bagunça, meu amigo! Uma bagunça! — suspirou a jovem com um gesto de desprezo. — Não estou aborrecida de ter voltado!

— E o corpo da criança? Onde está?

— Bom, é...

Puf! Puf! Puf!

Os fantasmas da senhora Bete, de Nicéforo e de Parreira estavam de volta.

— Os carniceiros nos comeram até os ossos! — exclamou Parreira, indignado.

Adelaide recebeu o filho com um grito de alegria.

— Um abraço, meu salvador!

Nicéforo recuou. Sua mãe nunca lhe havia dirigido um sorriso daqueles.

— Viver é um pandemônio! — disse ela pegando-o pela mão. — Tudo não passa de desordem, confusão e dor! No fundo, meu filho, ao me fazer morrer tão jovem, você me poupou de muitas preocupações.

Pela primeira vez na vida, Nicéforo se aconchegou na mãe e liberou os soluços presos há mais de mil anos.

— Francamente, Parreira! Você foi um desastrado! — reclamou a senhora Bete, arrumando o penteado.

— Foi por causa do café! — repetiu o padre, dando de ombros.

— E o corpo de Hugo? — insistiu O Poemandro.

— Está a caminho! — respondeu a senhora Bete, com um sorriso embaraçado. — Violeta e Cornélio estão cuidando de tudo! E, acredite, eles controlam perfeitamente a situação!

⚜ ⚜ ⚜

— Estamos ferrados! — gritou Cornélio, simultaneamente mordido nos ombros, no pescoço e no traseiro por três zumbis enraivecidos.

Num impulso heroico, Violeta pegou um sabre da parede e cortou os três pescoços com apenas um golpe de lâmina.

— Puxa vida, você não perdeu a mão! — proferiu Cornélio com admiração.

Com uma cambalhota de costas, ele se livrou da confusão e foi arrastando Violeta por cima da barreira erguida em frente à escada. Violeta subiu os degraus em posição defensiva, varrendo o ar com o sabre para repelir o ataque.

Oscar pegou uma alabarda de ponta tripla e enfiou-a sob a viga da escada para tentar espetar Cornélio. O tridente de aço atravessou os degraus na vertical, arranhando a canela de Cornélio e fazendo-a sangrar. Violeta empurrou-o por cima do corrimão e eles caíram de novo no chão, esmagando um zumbi numa efusão de geleia verde.

❦ ❦ ❦

Com um golpe de ombro, Gertrudes forçou a porta do porão. Uma claraboia no teto iluminava o cômodo. O corpo de Hugo jazia no chão.

A menina se ajoelhou para beijar-lhe a testa. O garoto estava lívido e a respiração entrecortada.

— Não tenha medo! Eu vou matá-lo para sempre e seremos excelentes companheiros!

Ela ergueu a ponta do saca-rolha em cima do coração, fechou os olhos... mas um rosnado suspendeu seu gesto. Ela virou a cabeça. O zumbi de Fani avançava em sua direção ameaçando-a com gigantescas presas verde-pistache.

— Grrrrr!

Gertrudes soltou o saca-rolha no momento em que Violeta e Cornélio enveredavam porão adentro. Fani fez festa para eles e Gertrudes deu um grande sorriso inocente. Cornélio bloqueou as saídas enquanto Violeta usava uma escada para quebrar o vidro da claraboia.

Os zumbis não tiveram nenhuma dificuldade para arrombar a porta e entrar no aposento. Eles só encontraram Fani. Encantada com o cheiro fétido deles, o animal os recebeu com um latido feliz. A escada estava embaixo da claraboia, e o chão atapetado de cacos de vidro. Num caos indescritível, os zumbis pegaram o caminho de volta. Ao sair da casa, eles perceberam os três fugitivos se afastando na direção de Dorveille.

— Todos para o cemitério! — gritou Oscar.

E a horda barulhenta correu para a colina.

19
A ESCOLHA DE HUGO

s efeitos do *Mutatis Mortus* terminaram quando Violeta, Gertrudes e Cornélio atravessaram o portão do cemitério. À medida que perdiam a densidade física, os braços de Cornélio iam deixando o corpo de Hugo deslizar para o chão. Os fantasmas se congratularam, orgulhosos por terem cumprido a missão e por estarem mortos de novo. O Poemandro tirou uma varinha do bolso e apontou-a para o fantasma de Hugo, ainda inconsciente.

— De pé, agora! É hora de reviver.

Hugo se ergueu como um autômato e se juntou aos fantasmas num andar lento. Parecia voltar à vida com um passo de condenado. Parando em frente à grade, ele contemplou seu corpo estendido no chão.

— O que devo fazer agora?

O bruxo apontou com o dedo a beirada da escarpa.

— Jogue-se no ar...

— O que vai acontecer comigo depois?

— Não é hora de fazer perguntas! Seu coração vai parar de bater. Saia daqui! Jogue-se ou será um fantasma para sempre!

Com os olhos cravados no seu corpo, Hugo se lembrou:

O inferno está vazio. Todos os demônios estão na Terra.

Agora, essas palavras pareciam tão límpidas! E como pareciam enganosas as promessas de infância. E como vãs e vis pareciam as pretensões dos vivos. Contra esse falso brilho, a suavidade da Lua e a penumbra da morte se revelavam mais sinceras e mais seguras.

— Não quero reviver... Quero ficar com vocês!

Os fantasmas mostraram uma expressão de espanto.

— O que está dizendo? — rugiu O Poemandro.

— Não quero voltar para os homens. Eles são trapaceiros! Ladrões! Assassinos!

— Vamos, vamos, meu rapaz! — retorquiu Parreira, indulgente. — Com certeza três quartos da humanidade são verdadeiros cretinos. Mas sobram bilhões que já formam um pacote de pessoas de bem!

Lágrimas inundavam o rosto de Hugo.

— Por favor! Deixem-me ficar aqui!

— Impossível! — afirmou Violeta. — Você precisa retomar o curso da sua vida!

— Mas vocês disseram que a morte era melhor do que a vida — disse o menino com voz embargada.

— Foi para consolá-lo por estar morto — respondeu a jovem, comovida. — Não sabíamos que você tinha a possibilidade de reviver!

— Já que nascemos, o negócio é viver! — disse a senhora Bete, com um sorriso. — Então, vá em frente! Dê o grande salto! A vida é tão bela!

Adelaide fez uma expressão cética.

Agarrada a Violeta, Gertrude controlava bravamente os soluços.

— Você virá visitar de vez em quando o meu túmulo, prometido?

Hugo lhe deu um abraço apertado.

— Eu queria ficar perto de você...

— Eu também queria — murmurou a menina. — Mas, pensando bem, prefiro ter um apaixonado vivo do que morto.

— Você não imagina a sorte de poder chorar lágrimas de verdade! — suspirou a senhora Bete, limpando os olhos secos com um lenço de flanela.

— Pense nos filhos que o esperam para nascer! — sorriu Adelaide. — Oh, é claro, os filhos estragam a vida! No entanto, nada é mais magnífico do que o amor de uma criança pela mãe.

Nicéforo despenteou o cabelo de Hugo, num gesto de ternura.

— Volte para casa e trate de ser feliz, menino. Ser feliz é a melhor maneira de preparar a morte.

— Mas eu ficarei sozinho no mundo! — soluçou Hugo. — Sem meus pais, não terei força para enfrentar os homens...

Cornélio agarrou-o pelos ombros.

— Então, ouça e se lembre disto: "A solução se esconde debaixo da minha cabeça" — disse ele apontando o indicador para a própria testa.

O garoto lhe devolveu um olhar perdido.

— Repita! — insistiu Cornélio com ênfase.

— "A solução... se esconde debaixo da minha cabeça" — gaguejou Hugo, sem compreender o sentido daquelas palavras.

— Cale-se, Cornélio! — repreendeu O Poemandro. — Você não tem o direito de lhe fornecer indícios!

Hugo se virou para o bruxo.

— Antes de partir, será que eu posso rever os meus pais pela última vez?

O Poemandro se mostrou hesitante.

— É importante dizer adeus, sabia? — ousou Gertrudes, pegando-o timidamente pela mão.

— Que seja! Porém, nem a criança nem os pais devem se ver ou se falar! — respondeu o bruxo com um sorriso no canto dos lábios.

Hugo concordou e a senhora Bete amarrou uma venda nos olhos dele. Tudo ficou escuro e silencioso.

O menino estendeu o braço e a sua mão tocou num rosto. Ele teria reconhecido a textura daquela pele no meio de mil outras. E o ovalado do rosto. E a curvatura do nariz.

— Mamãe?

Ele passou os dedos nos lábios e percebeu que ela sorria.

— Mamãe!

O Poemandro arrancou bruscamente a venda.

— Você não tem mais tempo! Vá agora!

Hugo iria se jogar no precipício sem olhar para trás. Mas, no momento de pular, suas pernas se imobilizaram. Ele fitou por um instante o espaço vazio, depois ergueu a cabeça em direção aos fantasmas.

— Vou ficar com vocês!

Surgindo do meio da noite, a matilha de zumbis chefiada por Oscar se jogou sobre o corpo de Hugo. A horda formava uma massa compacta de onde emergiam rostos contorcidos. Os dedos esqueléticos arrancaram as roupas do menino para morder a pele nua.

O Poemandro desviou o olhar e os fantasmas ficaram petrificados com uma expressão de horror. Os zumbis do cemitério se juntaram à disputa reivindicando uma parte dos despojos. Os maxilares estalavam rente ao chão para tentar arrancar pedaços de carne. O fantasma de Hugo assistia ao seu massacre sem forças para interromper o banquete canibal se jogando no espaço vazio. Mais do que os outros, Oscar exigia a sua parte. Ele colou os lábios no rosto de Hugo para aspirar o olho num ruído horrível de sucção.

"EU SOU O CHEFE DA BRINCADEIRA."

Essas palavras bateram no espírito do menino com a força de uma fórmula mágica. Num lampejo, o cemitério foi reduzido a uma maquete, Hugo tinha a impressão de observar uma paisagem vista do céu. Ele estava simplesmente diante do cenário de um teatro em miniatura.

O artesão havia feito um trabalho minucioso. A precisão de detalhes ofuscava os olhos. No lugar dos ciprestes, galhos de alecrins haviam sido plantados na encosta da colina. Fragmentos de musgo davam a ilusão de um pântano mais verdadeiro do que o natural. Hugo tocou com o dedo, de leve, nos túmulos, um pouquinho maiores do que sua unha.

Não faltava nenhum personagem à cena. Diante da grade do cemitério, os bonequinhos dos fantasmas estavam reunidos em volta de um corpo de criança coberto por uma grande quantidade de zumbis em miniatura. As expressões estavam congeladas no momento de pavor em que o tempo havia parado.

Hugo recuou para contemplar toda a cena.

Pegou o bonequinho do seu fantasma caído à beira da escarpa. Examinou-o entre os dedos, depois colocou-o de frente para o espaço vazio.

Com um gesto, Hugo o derrubou no escuro.

Foi assim que ele decidiu terminar a história.

20
A NOITE DE HUGO

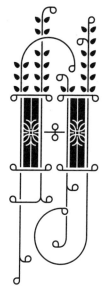

ugo se esborrachou no lago com um ruído pesado. Ele se debateu embaixo d'água, prisioneiro de um emaranhado de algas. O menino abriu a boca para gritar, mas o líquido entrou pelos seus pulmões.

Desorientado, nadou para o fundo, pensando alcançar a superfície.

Debruçado em cima da escarpa, o homem de preto observou o impacto do mergulho se dissipar em redemoinhos concêntricos.

Quando sua cabeça bateu no lodo, o menino compreendeu que estava tudo acabado. Ele se deixou deslizar sem resistência por um tapete de suavidade desconcertante. Sua mente era uma câmara vazia. Ele não sentia dor, nem medo e nem mesmo pensou em lutar contra o cansaço que o invadia. Simplesmente estava disposto a se deixar sorver pelo lago até a última gota.

Uma carícia o despertou do torpor. Hugo entreabriu os olhos e viu um vulto aureolado de luz. Gertrudes lhe sorria com o rosto envolvido por uma cabeleira aumentada pela luminosidade. Ela agarrou seu braço para arrastá-lo até a superfície.

Hugo rastejou pela margem cuspindo um líquido escuro. Subitamente sua mão ficou presa num bolsão de lodo. Ele lutou com todas as forças para se soltar, num ruído sinistro de ventosa. Quando se levantou, o vulto fantasmagórico ainda propagava seu brilho embaçado na água turva. Antes de desaparecer, a menina lhe mandou um beijo com a mão, tocando de leve com a ponta dos dedos a superfície do lago.

O menino sentou-se num tronco de árvore inclinado no solo lamacento. Ainda estaria vivo? O jato de sangue que escorria em suas têmporas tranquilizou-o. Pouco a pouco, seu coração recuperou um ritmo normal.

Um zumbido ao longe fez com que ele levantasse a cabeça. Alto, no céu, os faróis de um avião de carga traçavam uma linha reta sob a constelação de Gêmeos.

Uma sensação de dor o trouxe de volta à Terra, e ele percebeu que seus pés estavam ensanguentados. A dor tomou conta dele, provocando uma revelação extraordinária.

O avião de carga... A constelação de Gêmeos...

Hugo compreendeu que era a noite do assassinato.
Estou na noite do assassinato!

— Exatamente antes do assassinato — disse ele, em voz alta para melhor se convencer.

Mamãe e papai ainda estão vivos!

Naquele instante, seus pais dormiam no quarto deles, sem ter consciência da tragédia que estava sendo tramada. Embora não soubesse as razões daquele mistério, o menino levava consigo a memória do futuro. Ele se lembrava da cena que havia assistido nos braços de Cornélio. As imagens desfilavam em sua mente como um filme acelerado. Ele se lembrava do homem de preto penetrando na sala, tropeçando no brinquedo de Fani e subindo a escada rapidamente. Ele se lembrava do quarto, do punhal, da lâmina que atingia os pais, do colchão embebido de sangue...

Agora Hugo sabia que o assassino era Oscar. Ele se lembrava de que o tio iria percorrer a margem à sua procura e correu para se esconder atrás dos juncos.

Pronto!

O halo verde atravessou o nevoeiro e tudo aconteceu como Hugo já tinha visto.

O homem de preto se aproximou, segurando a lanterna numa mão e exibindo o punhal na outra.

— Para onde foi aquele fedelho! — assobiou ele, entre os dentes.

Agachado embaixo dos juncos, Hugo prendeu a respiração.

Sem parar de blasfemar em voz baixa, Oscar continuou a passear o facho da lanterna pela superfície plana do lago. Cansado de procurar, abandonou a busca e foi correndo em direção à casa da família.

Hugo soltou, sem ruído, o ar que estava preso nos seus pulmões. Sua cabeça estava inundada de sensações vertiginosas. No entanto, uma evidência se impôs. Ele estava vivo e, vivo, poderia agir. Vivo poderia pegar Oscar. Ainda dava tempo de salvar os pais. Sem pensar mais, o menino pulou para fora do esconderijo e começou a perseguir o tio.

Em alguns minutos, Oscar já havia atravessado o portão da casa. Ele foi diminuindo a velocidade à medida que se aproximava do prédio para atenuar o ruído dos cascalhos sob seus pés.

Hugo correu até perder o fôlego, lutando contra o fogo que lhe devorava o peito. Sob os pés feridos, o chão parecia transformado num piso de navalhas. Ele pulou por cima das relvas, desceu a encosta correndo, afugentando da mente a imagem obsessiva dos pais assassinados. Na corrida, ele os chamava sem descanso.

– Papai! Mamãe! Acordem!

Sem forças, ele desabou em frente ao portão da casa. Num esforço desesperado, começou a rastejar, esfolando os cotovelos nos cascalhos.

— Papai! Mamãe!

Seu corpo estava em fogo. E, no entanto, o verdadeiro sofrimento não era isso. A distância que o separava dos pais parecia intransponível. Nada mais impediria o assassinato. Mesmo que Hugo gritasse por socorro, esperneasse, xingasse, seria tudo em vão, ninguém viria salvá-lo. Nenhum ouvido celeste, nenhum espírito da Lua ou da floresta. Nada. Fora do sonho, não havia salvação. Ele se encolheu e deixou os soluços rolarem.

Oscar atravessou a sala sem fazer ruído. Um guincho repentino o sobressaltou. Seu sapato havia acabado de esmagar o porco de plástico da Fani. Ele afastou o brinquedo com um pontapé e subiu a escada que levava ao quarto dos pais. Entretanto, um obstáculo o deteve bruscamente. Uma dor intensa lhe cortou o fôlego. Procurando apoio na parede, ele apertou o interruptor e o grande lustre da sala projetou a luz numa cena de horror. Oscar havia se espetado na ponta de uma alabarda erguida entre dois degraus da escada. O tridente lhe havia atravessado o tórax e saía nas costas, cheio de fragmentos sanguinolentos. Oscar se ergueu antes de cair de volta. Na queda, o aço lhe rasgou os pulmões e ele se chocou com o assoalho, num mar de sangue.

A porta do quarto se abriu de repente, e os pais de Hugo acordaram sobressaltados. O filho andava na direção deles, com o olhar aturdido, imprimindo no chão uma marca de sangue a cada passo. Romano o agarrou bem no momento em que ele caiu desmaiado.

21
NO HOSPITAL

 médico convidou Helena e Romano para se sentarem no seu consultório.

— Seu filho ainda está um pouco desorientado — disse ele, consultando suas anotações. — Porém, com exceção de algumas contusões, ele não tem nenhuma sequela. Hugo pode voltar para casa.

Com as feições marcadas pela preocupação e pela falta de sono, Helena e Romano ouviam o médico com um ar desamparado.

— Mas o que deu nele de sair assim, em plena noite? — perguntou Helena.

— Isso se chama "terror noturno". Uma forma de sonambulismo associado a um sonho acordado. O fenômeno impressiona, mas geralmente não tem gravidade. Seu filho, de algum modo, pensou viver um filme. Ele imaginou que estava sendo seguido por um perseguidor, fugiu para a floresta e terminou a corrida no lago, que era bem real! Esse tipo de episódio, se não for recorrente, pode fazer parte de uma evolução normal. Ele permite à criança canalizar suas angústias. Tudo o que ela armazenou recentemente como informação, imagem ou frustração alimenta um imaginário que, às vezes, assume formas assustadoras!

— O senhor acha que isso pode se repetir?

— Tudo depende do contexto... Vocês notaram mudanças de comportamento nos últimos tempos?

— Na verdade, não — respondeu Romano. — Exceto que ele se recusou a nadar durante todo o verão, sendo que, normalmente, ele adora água...

— Hugo falou do seu sonho — continuou o médico. — Tratava-se de petróleo! Essa é uma imagem de forte carga simbólica que...

— É inútil procurar nos símbolos — cortou Romano, com um suspiro. — Tivemos problemas recentemente de... de vizinhança, que tinham relação com petróleo...

— Eu sabia que essa história acabaria nos fazendo mal — disse Helena num lamento.

— Do ponto de vista médico, é uma boa notícia! — sorriu o médico. — Melhor ter distúrbios de vizinhança do que mentais, não é? Se não houvesse nenhuma causa externa, o incidente seria preocupante. Mas, já que o problema é consequência de um conflito, resolvam o conflito e o distúrbio desaparecerá.

— De fato... Vamos pôr uma ordem em tudo isso — replicou Helena, sob o olhar de Romano, que adivinhou com um pouco de apreensão o que estava subentendido na resposta.

O casal iria se levantar quando o médico apontou o dedo na direção de Romano.

— Oh! Mais uma coisa!

— Sim?

— O senhor se dá bem com seu irmão, o senhor Grimmons?

Romano arregalou os olhos.

— Meu irmão?

— É... Segundo Hugo, o tio paterno tinha um papel um tanto sinistro no sonho! Ele queria matar vocês dois enquanto dormiam! Essa situação também é inspirada num conflito relativo ao seu irmão?

— Mas... Eu não tenho irmão! — murmurou Romano, empalidecendo.

Helena fitou-o com uma mistura de embaraço e tristeza.

— Mas, sim, você tem um irmão! — disse ela a meia-voz.

O pai de Hugo franziu os olhos.

— Sim... É claro que tenho um irmão — proferiu ele, num murmúrio. — Ou melhor, eu tinha um irmão.

— O que quer dizer? — perguntou o médico, intrigado.

Romano apertou os braços da cadeira.

— Eu tinha um irmão gêmeo. Chamava-se Oscar. Ele se afogou com doze anos. Foi no fim de um verão e nós estávamos em férias perto de um lago. Escondido dos nossos pais, eu o arrastei para um banho noturno. Ele não queria desobedecer, mas eu insisti... E ele desapareceu enquanto nadávamos lado a lado. Como se tivesse sido puxado. Sem um redemoinho e sem um grito... O corpo foi encontrado ao amanhecer, na margem, entre os juncos... Até hoje me sinto culpado pela morte dele...

O médico marcou um silêncio antes de continuar.

— Hugo conhece essa história?

— Não. Quando ele nasceu, decidimos não falar com ele sobre isso.

— Mas ele pode ter descoberto fotos, documentos que citavam o acidente.

— Impossível! Não há nenhum vestígio de Oscar em casa. Não que eu quisesse esquecê-lo, nem rejeitar sua lembrança. Um irmão gêmeo continua perto de você, em você, toda a vida. Todas as vezes que me olho no espelho, vejo o homem no qual ele teria se tornado. Em cada um dos meus reflexos, tenho a impressão de vê-lo, como se ele ainda rondasse à minha volta.

— Não queríamos passar esse trauma para Hugo — acrescentou Helena. — Achávamos que seria muito perturbador para a cabeça de uma criança imaginar que o gêmeo do pai, a sua cópia... fosse um morto!

— Nós tínhamos, é claro, a intenção de falar com ele sobre isso mais tarde — acrescentou Romano.

O médico concordou com a cabeça e juntou as receitas espalhadas na mesa para significar que a entrevista estava terminada.

22
SINAL VERMELHO

No carro que o levava de volta a Monliard, Hugo seguia com o olhar o percurso em zigue-zague das gotas de chuva no para-brisa traseiro. A forte tempestade anunciava o fim do verão. No cruzamento do centro de Saint-Rigouste, o veículo freou num sinal vermelho e uma mão bateu na janela.

— Bom-dia, família!

O sorriso caloroso de Emílio Bouffarel apareceu através do vidro embaçado. Ao lado dele, o marquês de Balibari, com o rosto meio dissimulado sob um guarda-chuva azul, dirigiu ao casal um cumprimento cortês com a cabeça.

— Eu iria justamente ligar para vocês — disse o prefeito. — Falei com o governador Godofredo pelo telefone hoje de manhã.

— Verdade? — respondeu Helena, que não estava a fim de conversar sobre o assunto.

— A classificação de Monliard se mostra um pouco mais complicada do que o previsto, imaginem só. Uma dezena de comissões deverá, antes de tudo, autenticar a *Sipo Matadore*. Depois, o ministro do Meio Ambiente deverá validar o projeto e, finalmente, precisaremos obter a anuência do parlamento europeu. Em resumo, tudo parece ir bem, mas corre o risco de levar um pouco de tempo...

— Deixe pra lá, Emílio... É tarde demais!

— Como assim?

— Nós mentimos! Todas as *Sipo Matadore* foram destruídas.

— O quê? Mas sem essa planta, Monliard nunca será classificada! — exclamou Bouffarel, atônito.

— E os aborrecimentos continuarão sem fim, de fato. Por isso decidimos vender Monliard e sair da região.

— Está brincando! Vocês não podem partir assim!

Romano escondeu sua surpresa por trás de um sorriso despreocupado, sugerindo que a decisão já havia sido deliberada.

Intrigado, o marquês deu um passo para se aproximar. Hugo inclinou a cabeça para observar o rosto dele. Era a primeira vez que o via e, no entanto, reconheceu o rosto encovado, o nariz em bico de pássaro e os cabelos brancos puxados para trás.

O marquês pousou o olhar claro sobre o menino. Ele o fitou sério, depois esboçou um sorriso mesclado de ironia e ternura. Por trás do vidro embaçado da janela, Hugo pensou ver os lábios dele se mexerem, sem que pudesse compreender as palavras que lhe eram dirigidas.

— Ao menos parem um pouco para pensar — suplicou Bouffarel, debruçado no carro. — Sei que vocês estão exaustos, mas...

O sinal mudou para o verde, e Helena pôs fim à conversa arrancando a toda velocidade.

23
DEBAIXO DA MINHA CABEÇA

na e Fani esperavam por Hugo nos degraus da porta de entrada. O menino abraçou a velha babá, enquanto a cadela punha aos pés dele seu porco de plástico. O ar estava inundado de um perfume de torta de morango proveniente da cozinha.

Hugo e os pais passaram a tarde aconchegados no sofá da sala. O menino manteve os olhos cravados na tela da televisão, como se contemplasse, através dos vidros, a chuva caindo.

— Tudo bem? — perguntou Helena pela centésima vez.

— Tudo bem... — murmurou Hugo pela centésima vez.

Romano deixou passar um tempo em silêncio e tentou outra coisa.

— Não quer nos contar o seu sonho?

Hugo continuou calado.

— Não foi nada, tudo não passou de um sonho! — insistiu Romano.

— Um sonho não é só um sonho — replicou o menino.

Ele continuou perdido nos seus pensamentos e um murmúrio lhe escapou dos lábios.

— Não devemos nunca sair de Monliard!

Os pais trocaram um olhar incerto.

— Temos tempo para falar sobre isso... Nada foi decidido — respondeu Helena num tom que significava o inverso.

Ela se levantou para pegar uma revista que estava no rebordo da lareira.

— Tem uma coisa que não escrevo nos meus livros, sabia? Uma verdade que não adianta contar para as crianças. O mundo é um lugar cruel, injusto e absurdo. Escondo isso, não para mentir ou enganar, mas porque acredito que as histórias são feitas para consolar e dar coragem. Mas, o que quer que se escreva, o que quer que se invente, o mundo continua a ser cruel, injusto e absurdo. Nós tivemos a sorte de, por longo tempo, conseguir mantê-lo a distância. Mas ele nos achou. Agora, ele bate à nossa porta e eu não quero deixá-lo entrar.

Romano retomou a sua voz dos dias sérios e dos negócios importantes.

— Você se lembra daquela flor do cemitério? A *Sipo Matadore*... Como ela desapareceu, nunca mais ficaremos tranquilos. Ela era a nossa única chance de voltar a viver em paz. Ela era a solução!

— *A solução?* — balbuciou Hugo, como se saísse de um estado hipnótico.

Ele correu para fora de casa. Pela janela da sala, estarrecidos, os pais viram o menino pegar um enxadão no depósito do jardim e se afastar correndo em direção à colina.

Respirando com dificuldade, Hugo parou no portão para contemplar o cemitério. Um perfume de mato subia daquele casulo de ruínas subjugado pelo Sol. A atmosfera se agitava com o canto preguiçoso das cigarras misturado ao sopro do vento.

O local nunca lhe pareceu tão familiar.

Guiado pela intuição, ele se dirigiu para um túmulo soterrado pela vegetação. Arrancou um galho de hera, e o nome de Gertrudes apareceu gravado na pedra. Hugo leu o epitáfio com um sentimento de emoção e angústia.

Morreu na alegria
de uma excursão primaveril

Reprimindo as lágrimas que surgiam, ele retirou as plantas com espinhos e o mato dos túmulos vizinhos, e então os nomes de Adelaide e Nicéforo se revelaram sob o Sol. A senhora Bete e Parreira repousavam não muito longe. Perto da escarpa, as sepulturas de Violeta e Cornélio estavam aninhadas lado a lado. Todos estavam lá... Embora adormecidos na escuridão, o suspiro deles envolvia o menino como uma misteriosa presença. Com o coração cheio de gratidão àqueles que o precederam, Hugo se ajoelhou no chão e começou a chorar. Suas lágrimas escorriam, uma a uma, e caíam na terra, que as absorvia em silêncio.

Hugo batia com a enxada no túmulo de Cornélio quando Ana, Fani e seus pais passaram pela grade do cemitério.

— O que você está fazendo? — exclamou Romano. — Ficou louco?

— Venha me ajudar! — gritou Hugo.

Com o olhar, Helena encorajou o marido a se juntar ao filho. Romano pegou o instrumento que Hugo lhe entregou e deu um golpe violento no túmulo. O bloco de calcário se quebrou em pedaços, revelando um jazigo úmido que abrigava um caixão no fundo. O garoto pulou no buraco e abriu sem pena a tampa de madeira apodrecida.

Parecia que o esqueleto de Cornélio o acolhia com um sorriso terno e gozador. As mechas douradas, cuidadosamente penteadas no crânio, ainda refletiam os raios do Sol. As sementes colocadas por Violeta recobriam o elegante cadáver. Os restos do botânico se misturavam a um emaranhado de raízes que subiam ao longo das paredes do túmulo. Hugo sentiu um pouco de vergonha por perturbar um universo tão tranquilo. Ele deu um forte abraço no esqueleto, forte como se fosse um objeto precioso.

A voz de Cornélio ressoava em sua cabeça.

"A solução se esconde debaixo da minha cabeça..."

O garoto pegou o travesseiro de veludo no qual a cabeça do morto havia deixado sua marca, depois deitou novamente os restos mortais com mil precauções. Ao terminar o gesto, Hugo sentiu o esqueleto se mexer embaixo das roupas. Os trajes se assentaram imperceptivelmente, como se o morto se livrasse de um último suspiro. Com o rosto inundado de lágrimas, Hugo contemplou o amigo por mais um instante, depois fechou o caixão dirigindo a ele um pensamento secreto.

Hugo agarrou a mão do pai para sair do jazigo.

Escoltado por Ana, Fani e pelos pais, ele andou até a beirada da escarpa segurando o travesseiro contra o peito.

Hugo sacudiu a almofada em frente ao espaço vazio que se abria à sua frente. Com um gesto, rasgou o tecido, e as sementes de *Sipo Matadore* voaram. A nuvem branca se elevou num turbilhão acima do cemitério e caiu sobre os túmulos, sobre os homens e sobre o mundo como flocos de luz.

fim

Agradecimentos

Obrigado a Sophie Meyer, que pôs o seu olhar sensível e preciso na primeira versão do texto.

Obrigado a Céline Berni, Agnès Michaux, Delphine Nogatchewsky, Marina de Van e Nathalie de Vals pelas horas de leitura, de encorajamento e de conselhos.

Obrigado a Franck Chorot, que permitiu que essa história desabrochasse, e a Jean-Philippe Blime, fiel companheiro de viagem.

Obrigado a Julie Rouvière e a Barbara Canepa.

Obrigado a Agnès Niv e a Marie Tillol, olhos de lince, e a Anne-Cécile Herry, amável e atenciosa.

Obrigado ao CNL (Centro Nacional do Livro) cujo apoio foi determinante.

Obrigado, enfim, a Valéria Vanguelov pela sua fi-delidade, pelo seu olhar e suas ousadias, assim como a Alice Nussbaum, guardiã das páginas.

Obrigado aos meus amigos, a Gertrude e François, Pascale e Jean-Pierre, Maryse, Georges, Christophe, Stéphane e Madeleine.